U0132109

孔子

〔日〕井上靖 著

文绘 译

南海出版公司

新经典文化股份有限公司
www.readinglife.com
出　品

孔子

第一章

一

先师孔子故去后，我也效仿他的众弟子，在都城北边泗水河畔的夫子墓旁搭起庐舍，守丧三年。之后，我移居至这山林深处，勉强糊口度日至今。时光如白驹过隙，夫子去世不觉已有三十三个年头。这些岁月里，我尽可能与尘世保持距离，这理应如此。尽管远离了夫子的墓，我早已决定用余生供奉恩师。无论何事都谨遵夫子教诲，就像仍在身侧服侍那般度日。像我这样不值一提的小人物，能做的也只有这些。至于造福世间，则从未想过。

不错，正如这位小友所说，我们守丧三年后，听闻夫子的高徒子贡又守丧三年，总共守了六年。其实无须从他处听闻，我们都料想子贡会如此。我们这七十多人，在三年守丧期结束的那个早晨，心里终归松了口气。前路殊途，分离在即，我们收拾好行李，依次向子贡辞别。在我们守丧的三年间，子贡主持打点了诸项事宜，经济上若没有子贡的资助，守丧一事怕是心有余而力不足。

进入子贡的宅邸，每个人都上前和子贡拥抱，又在他身边彼此相拥，含泪依依惜别。我也是如此。隔窗望去，只见夫子墓旁立着为子贡新修的庐舍。子贡时年四十六岁，此后三年仍将于夫子的墓旁侍奉。

子贡对亡师的侍奉之礼令我向往，但我辈尚无资格效仿。若论应由谁在墓旁侍奉，自子路、颜回故去后，只能是子贡了，也唯有子贡一人能担此重任。

我提到了子路、颜回的名字——时至今日，师兄们的名字未曾湮没，能传入诸君耳中，真令人无比欣喜。子路终年六十三岁，颜回离世时仅四十一岁，他们都先恩师而去。

至于我，小颜回五岁，但不知不觉中已比颜回在这世上多活了三十年，比子路多过了八个年头。先师孔子享年七十三岁，如今我也快要赶上他了。马齿徒增，年岁虚长，说来真是惭愧，却也只能遵循天命，在这天定的命数里坚守本心，内无邪念地活着。

如诸君所见，我现在过着隐士一般的日子，耕种几分薄田，唯愿不被浊世污气所染，时时反躬自省，日日听凭本心。夫子心胸宽广，想必不会苛责于我。"你如此便好"，我恍若听见夫子的声音。夫子大概也想过上这般生活吧，他定然无比向往！我明白的，也只有我明了夫子这份心情。

可是，夫子没过上这样的日子，他做不到。他日夜忧思，并不断向人们诉说他的所思所虑——如何让这乱世变得清明一些，如何减少哪怕一个不幸之人。"无论何时，不管发生什么，也不能对这乱世熟视无睹，不能舍弃这纷乱嘈杂的人世间。生而为人，不和世人在一起，难道要混迹于其他种群之中，与鸟兽为伍吗？"① 不知从何处传来夫子略显寂寥的声音，那是他的内心独白。

夫子严于律己，却从不会以此标准要求尚非门徒的我等，这是他的宽厚之处。"愿意归隐山林就去吧。洁身自好地活着，如此便好。"自入此山以来，夫子温厚亲切的声音多次在我耳边响起。

何为天命，这很难解释清楚。实话说，这是我从夫子口中听闻最难理解，也最感心惊之语。天究竟为何物？子曰："天何言哉？四时行焉，百物生焉，天何言哉？"诚如此言，天静默不语。四季轮转不息，万物应季而生，天却静默不语。

夫子确实说过自己"五十而知天命"。想来，那是夫子

_____

① 参见《论语·微子》："鸟兽不可与同群，吾非斯人之徒与而谁与？"

结束流亡与游说生涯，回到鲁国面对围侍席间的门下众弟子时所说。总归，那是他晚年的嘉言。您是想问这句话的深意吧。但夫子说此话时，一如既往未加阐释，意在让我们各自感悟。

夫子故去后，在守丧后期，众弟子在子贡带领下将夫子生前的言论逐一整理，讨论某句话蕴含的真意，力图准确还原夫子的话。当时，我曾有幸入席旁听。

犹记得集会开始之初，众人连续几晚讨论天命的话题。知天命、畏天命、天何哉、命何哉之类的言语交错纷呈。弟子们争相引用夫子的话，热烈商议着，而我坐在席上，尚沉浸在夫子去世的悲伤中未能自解，同那氛围格格不入，所以"天命"二字最终归于何处，我已记不清了。

既知有"天命"，那"天"究竟是什么？夫子心目中的天又是何种面貌？自我入这深山，已三十年有余，每年总要再三琢磨"天"这个问题，深入思索夫子口中"天命"一词的含义，却始终不能通晓其真意，兜兜转转回到原点。所以对于您的问题，我能讲的仅有自己的思辨历程。

不过，请允许我暂且保留对此问的答复，如此较为妥当。容我再思索一两个月，归纳理清思路，再将我对夫子口中"天"和"天命"的理解同诸君分享。

话说回来，夫子故世已三十三年。如今听闻诸位青年才俊在夫子生前讲学的学馆里，从不同角度阐述和宣扬夫子的学说，着实欣喜，亦备感振奋。

夫子仿佛不久前刚刚过世，转眼已是三十三年沧海桑田。夫子故去后，其晚年所收弟子或应邀入仕侯府，或隐于世间，再无踪迹。可谓人各有志。倘若子贡在守丧六年后留居鲁国国都，或许孔门情形会有所不同，但子贡本是卫国人，当时已年近五旬，归国还乡实属无奈之举。

夫子晚年所收弟子中，子夏、子张、子游等人在三年守丧期结束后曾一度留守先师讲学的学馆。听闻他们分为几个学派，对"礼"的阐释和主张各不相同，有对立之势。然而不知从何时起，这类传言也渐不可闻了。

哦，是这样啊。这位小友说子夏已返回故乡卫国，子张、子游的故乡陈国和吴国虽已亡国，他们仍复归故土。虽说年轻，他们也仅小我十岁左右，寻得机会返回出生地也理所应当。况且，正是这群优秀的孔门弟子在黄淮两岸及其余中原各地弘扬夫子学说，使其得到有力推广啊。

而在讲学的发源地鲁都，夫子晚年的弟子也正在将有关先师的种种交至背负着当今时代的诸君手上。夫子辞世后，与他素不相识的后辈传承、弘扬先师的学说，这着实教人欣慰。

不正是如此吗？为了不让夫子的任何一句话失传，你们认真收集夫子的言论并加以整理，还为其添注释义。光是听来便知非一日之功。我曾侍奉于夫子身侧，却这般漫无目的地虚掷光阴，真是追悔莫及。

蒙诸位不弃前来，我也该说一些有用的话题。方才收到几个问题，今日便从中选取"孔子一行与我的渊源"这一话题，谈谈己见可好？虽未做准备，但此类问题尚可回复。至于另外几个艰深的提问，还容我思虑一番，留待下次或再下次讨论。

想必诸君都已知晓，我和其他门人弟子不同，是在半途机缘巧合加入孔子一行的，之后便留下来侍奉在侧。夫子故世前在这鲁国生活数年，此间我从未受人之命或听人劝说，心甘情愿承担孔子一行的杂役。稍有空闲便尽可能待在听得到夫子话音之处聆听教诲。如此，便已知足。若自称是夫子的学生，夫子大概会温和地笑而不语，其他弟子或许多少会露出不太认可的表情吧。

我就是这样一个小角色，其中前因后果还得从我的身世讲起。此刻日头尚高，为方便诸位赶路，我争取在日落前讲完。

我生于蔡国，这段过往已多年未曾谈起。一提起蔡国，眼前浮现的依旧是沙尘笼罩的土屋村落和四周稀疏凋敝的桐树林，还有树林那头势如汪洋的汝水，心中备感萧索。

相传为了统治殷族遗民，周武王之弟蔡叔度受封前往颍水和汝水的河间地域，蔡国始建。那时的都城并非生养我的新蔡，虽同傍汝水，但旧都位于远在上游的上蔡。

武王殁后，在上蔡建国的蔡叔度不知为何竟叛乱反周，被镇压后蔡国一度覆灭。所幸蔡叔度之子蔡仲胡复兴蔡国，蔡国的命脉才艰难得以保全。如此看来，似乎蔡国从建国之初就注定了多舛动荡的命运。

不管怎么说，始立都于上蔡的蔡国最初也是拥护周王朝的中原诸侯国之一。不过那都是周王朝鼎盛时期之事，不久后，吴、楚等外围大国逐鹿中原，蔡国的苦难史就此开始。

说到这苦难史，中原诸侯国怕是无一幸免。对蔡国而言，其所受苦难大多源自与南邻夷狄——楚国的纷争。

以上蔡为都城的蔡国历十八代、经五百年，其间屡屡遭受南方霸强楚国的欺压，厄运数不胜数。其中尤为惨烈者，当是十三代哀侯时期，蔡国因莫须有的事由遭到楚文王大肆讨伐。当时民不聊生的惨状至今仍以各种形式在世间流传。到十八代灵侯时，楚国又生祸心，无端刺杀灵侯，蔡国灭亡。两年后，平侯迁都新蔡复国，但此事背后仍有楚国势力在操控。

虽说复了国，但故国已然沦为楚国附庸。我们便是这般，自幼听着国家的血泪史长大。

总之，蔡国这段历经十八代、五百年的上蔡时代就此落幕，新蔡时代随之开启。蔡国迁都新蔡是在平侯二年（公元前五二九年），我出生的十三年前。

年少时，总听长辈称赞旧都上蔡的繁荣。尽管历史上多灾多难，到底是五百年王城所在地，想来定有急建之都新蔡所不及之处。只是，在生于新蔡、长于新蔡的我辈后生听来，长辈们的念叨不免透着一种难以言说的哀愁。

我只去过一次上蔡。十二三岁时，大人带着我们几个小孩沿汝水一路北上，在启程后第四天踏上旧都故土。那确实是个庞大的村落，巷陌纵横，商铺林立，街上满是从邻村前来赶集的人们，热闹非凡。听说在国都迁往新蔡后，旧都居民纷纷搬至此地，建立起这番新市街。

村落不远处，昔日上蔡的城邑横陈眼前，半数已倾颓倒塌。那是空旷平原中央的一座旧城残骸。护城河已被填平，城墙斑驳有如牙齿剥落，以这残破之躯围住城中的大片废墟。

我们几人爬到城墙一个缺口上。目之所及荒无人烟，唯有颓败的土屋无尽延绵，隐没在疯长的杂草丛里。柏树、银杏、槐树、柳树四处成林，枝叶繁茂直冲天际。曾居此地的长辈们最为怀念的都城大道，也早已匿于荒草，再无半点痕迹。放眼望去，废都怕是有新蔡城邑的近两倍大。

城墙上的步廊宽阔平坦，足以充当练兵校场。我们站在步廊一隅，俯瞰旧都无数被划得方方正正的残破街区。忽而，前所未见的大群候鸟敛翅斜飞，分成几队排着整齐的阵形横掠过废墟上空。它们是死城之上仅存的生机，那整齐雄壮的身姿至今仍深深印在我的脑海里。

目睹旧都上蔡的荒景后，我们这群生于新蔡的年轻人重新认识到新都是何等壮丽气派，不由感到庆幸和满足。

说回正题，蔡国长久以来备受楚国欺凌，但不知何等缘故，在迁都新蔡后竟一度得以反击。不知是与吴国结了盟，还是迫于吴国的威压，又或许是当下危局中铤而走险之举，蔡、吴联军出兵伐楚，大破楚军主力于柏举，进而渡汉水，以胜利者之姿逼近楚都郢城。那是昭侯十三年之事，迁都新蔡后的第二十三年，当时我十一岁。

因大胜不共戴天的宿敌楚国，举国上下群情激昂，一片沸腾，在我尚且年轻的心里留下深刻印象。在和夷狄楚国上百年的纠葛中，这是周王朝一族，也是姬姓蔡国唯一一次得以抒发怨愤，多少算是解了恨。

然而，这做梦一般的喜事终究引来了楚国的疯狂报复。十二年后，昭侯二十五年，复仇的火焰以不容分说之势席卷而来。转眼间，楚国大军已将都城新蔡层层包围，强令蔡国将都城迁往楚国腹地。蔡国别无选择，只能俯首听命。就在国内乱作一团时，吴国竟又乘虚而入。

在毫无征兆的情况下，吴国大军在一夜之间抢先攻入新蔡城邑，于是蔡国又不得不听吴国号令，将国都远迁至吴国统治下的州来。那场始料未及的荒唐迁都发生在我二十四岁那年。

不用说，迁都意味着领土改封。然而举国搬迁却难以办到，半数百姓困于生计无法搬离，只能作为遗民留在新蔡。

诸君，现在我就从楚军来袭讲起，细谈一下蔡国仓促迁都州来的始末。

如我方才所说，昭侯二十五年（公元前四九四年），楚国大军的战车包围了当时蔡国的国都新蔡。那是漫长的冬天刚刚过去，汝水渐暖之时。

楚军九日间昼夜不息，在距离主城门几百米处筑起堡垒。堡垒宽一丈，高是其数倍，完全切断了进出城门的道路。虽说在东西南北各方尚有几处城门，但都被楚国的战车军队严阵把守。

蔡国大部分兵力分布在边疆，正是都城守卫最薄弱之时，面对楚军的攻势无计可施，只能任人宰割。

筑起堡垒后，楚军便驻扎于此，向蔡国百姓喊话劝降。其后数日，因惧怕城中沦为战场，每天早上都有蔡国百姓分成男女两列向楚兵驻扎的堡垒方向走去。然而，慑于楚军淫威出城投降者仍是少数，大部分百姓仍坚守城中。

在此期间，街头巷尾传出风声，说国家掌权者会答应楚军要求，将都城迁往楚国腹地。堡垒阻断了近郊百姓出入，城中异常安静，春日的阳光普照街头，却令人感到无尽空虚。

入秋后，迁都传言终成事实。城中发布告示，近日蔡国将迁都至江水（长江）以北、汝水以南之地，全体民众应着手准备迁都事宜。

城中一时哗然，但很快重归平静。每个人都有太多需要静下心好好思量的事情。

街头巷尾纷纷谈论起被迫前往的新城邑，至于应准备什么，人们毫无头绪，茫然不知所措。

惶惶不安间年关已至，到了昭侯二十六年。楚军将城外的民房农家占为兵营，依旧死死围着新蔡城邑。除此之外，不见别的动静。新年伊始，城中再次张榜通告迁都事宜，街坊巷里却异常安静，不似先前那般慌乱。不仅如此，自春入夏时节，城中一度流言四起，说是迁都一事作废或目的地变更等，纷纭杂沓。

夏末时总算贴出布告。迁都定于十一月，新都位于江水和汝水交汇处的肥沃平原，全体百姓应着手为领土改封事宜做准备。直到此时，新蔡才真正骚动起来。与此同时，围城一年多的楚军开始撤兵。

眼见楚军开始收兵，百姓明白迁都一事已成定局，且迫在眉睫。然而直到此时，人们也只是东跑西窜，街巷里几乎没有迁都的迹象。不同于从上蔡至新蔡的国内迁都，此次即将迁往异国，而且是楚国的腹地。该如何准备才好？人们束手无策。

而这奄奄一息的城中，冷不防又生变故。就在临迁都一个月前，新蔡城邑在一夜间被接连闯入的吴国军队和战车挤得水泄不通。士兵个个全副武装，城中遍布吴军兵营。战车占领了大小广场，吴军的营火在街头巷尾蹿着赤红的火苗，夜幕下弥漫着危险不安的气息，新蔡城已面目全非。

未受任何人指令，我们两手空空仓皇出逃，到汝水河畔避难。河岸上满是弃城逃难的百姓。河堤上下稀疏的桐木林中，男女老少挤作一堆。人们交头接耳，传出一条又一条不明真假的消息。虽不知大小传言从何而起，不过一旦有新消息，就会有人来传信。

吴军介入，摆明了是对蔡国应允楚国迁都至其腹地一事不满。这样一来，蔡国就不得不停止迁都，事实似乎也正是如此。这对百姓来说未尝不是一件好事。然而不迁去楚地，并不意味着迁都一事就此作罢。据说吴国要求蔡国将领地改封至吴国境内。不仅如此，吴国指定之处似是寸草不生的瘴毒之地。此等消息源源不断地传到百姓耳中。

正当百姓窃窃私语之时，似为验证传言非虚，亲楚名人公子驷的死讯传来。虽不清楚公子驷何以遭遇杀身之祸，但毋庸置疑，如今在那被四方壕沟包围的蔡国王宫中，事态正愈演愈烈。

长夜无明，曙光渐渐从汝水波纹中浮现，吴军从城中撤兵的消息传来。与此同时，百姓们分作数十批，陆续走回那空了一夜的城邑。

此时，移动的人群中又传出消息，说蔡国执政大夫们已于昨夜在吴军带领下前往其属地州来。州来正是吴国指定用来替换楚地的新都选址。谁也不清楚昭侯是否身在此行人中，抑或仍留守在王宫。

回到城中，眼前的景象让人怀疑昨晚的闹剧是一场梦，吴兵与战车消失了，街头只残留着吴军营火的余烬。不消片刻，城邑便恢复如常。

午后，坊间传来令人心痛的消息——昭侯为在吴军处开脱，下令斩杀了儿子公子驷。傍晚时分，昨夜的传言成了事实，迁往新都州来的时间定于十一月初，百姓须自行前往。当时距此期限已无多日，但无一人提出异议。事到如今，怕是再大的事也不会令人惊讶了。

两三天后，坊间传言又起，说王宫正在举行哭陵仪式，日后会将蔡国历代君王的祖坟迁至州来。此时百姓已全然麻木，无动于衷了。

不久就到了迁都的日子，城中一片沉寂，迁都的队伍可以用静穆来形容。士大夫及其随从在蔡吴两国军队前后裹挟下，成群结队走出王宫，穿过城邑，来到汝水河畔。

我们站在河畔高岗眺望他们乘上无数兵船，随波远去。

从那天起，每天都有人群向州来迁移，离开住惯的城邑，向汝水渡口走去。又过了几日，我依旧在汝水岸边，目送族人远赴州来。送行与离乡之人都未有什么深切的感慨。人们面对接连降临的灾事心力交瘁，只能听天由命。

说到我的族人，家门中多数人以制陶、制骨为生。我和双亲缘浅，年少时父母就相继去世。我家在王城中有祖传的作坊，祖父、父亲、叔父们都终身从事铸币工作。由此溯源，族人善冶青铜器，或许流着早已亡国的殷人血脉。我的父亲和祖父都曾有过类似的想法。

我因幼年父母双亡，未能继承家业，做着和铸币毫无干系的水道通渠方面的杂活，想以此安身立命，不料遭逢迁都，时局动荡。不过若我真有殷人血统，我族便已不是第一次经历国破之殇了。

疲于送行、留在废都的男女游荡于近乎半城废墟的城镇里。从空屋数量来看，半数人已迁往州来，还有一半尚在城中。粗分来看，认为前往州来更便于生活的人都走了，留在这祖辈土地上的都是没信心在他乡另谋生计的人。

虽说去留人数各占一半，但那仅是新蔡城墙内的情况。城墙之外的广阔区域仍生活着农民及各行各业的百姓，他们深知背井离乡后生业将难以为继，也留了下来。因此，留在蔡国的百姓远多过离乡背井之人。

那时我们走在已半数荒废的街头，意识到曾经熟悉的故乡已不复存在。这里确已不是蔡国，只不过是蔡这个国家曾经矗立的地方。被国家遗弃、被扔下自生自灭的蔡国百姓如今已失去故国，只能在这里苟且偷生。

留下的百姓不约而同地群居在城镇东南部。一时间，每栋空屋都住进了人。考虑到不知何时楚军或吴军又会来犯，蔡国众遗民决定据守一隅，防备外敌。

所幸这座弃城新蔡风平浪静。或许楚吴两国将其当作缓冲地带，暗中立下不对弃城出手的盟约。确实，若吴国出兵入城，楚国势必派兵与之对抗，同理，若楚兵进城，吴国也定会遭兵攻打。这样一来，此地无疑将沦为腥风血雨的决斗场。

万幸，最坏的情况没有发生，荒凉近半的城镇迎来一段安宁的日子。不久后，死寂的街巷竟重焕生机。荒废无人的王宫变身市场，不少店铺在里面开张营业。不知何时，吴国和楚国的商人竟也入驻废宫开始经商。此外还有来自陈、郑、宋等邻国的商户，看到我们这些蔡国遗民，纷纷抬手致意，颇有为鸠占鹊巢之举致歉的意味。

留下来的人忙碌起来。想要填饱肚子就得找活干。工作并不难找，王宫市场缺的就是劳动力，出卖体力就能换来蔬菜和粮食。

我们蔡国遗民去城外的农田搬回蔬果，全部用来换取他国物资，每天都十分忙碌。国破后，城镇反倒繁荣起来。

我们是遗民，也是弃民。若真要算起来，像我们这样的遗民或弃民还有千千万万。这些年里，徐、州、肥、莱、萧、舒、庸、梁、邢、江、温、黄等国先后覆亡，越来越多失去家国的人来到新蔡，来到这个奇特的万国集市。

有人来自灭他国一方，也有人来自被灭国一方。但众人在此处是平等的，并无强弱之分。今日灭他国者，不知何日就会被其他强国所灭。来自吴、楚、晋等强国大国的商人们确实多了几分傲气，但国家强大与否是高位掌权者的事，说到底和百姓没什么关系。来这里做生意的人心里都清楚，人要讨生活，能依靠的只有自己。

确实如此，唯有自保才是良策。就算母国打仗获胜，自己的生活也不一定变好。同样，落败也不意味着一定有更大的灾难临头，不幸早已在这片土地上满溢。从某种角度来看，王宫市场是各国遭逢不幸的庶民的聚集地。被砍去腿脚的男女何其多！他们并非在战场上受伤，只因为迟交年贡或食物，便被国家砍断了脚，然而谁也不会同情他们。但凡有人施与怜悯，便无法继续自己的营生。市场上，许多摊头上摆着麻鞋和义肢，麻鞋相对便宜，义肢卖得贵些。

我们作为蔡国遗民，竟也过上了一段从容自足的生活。大概一个月后，有关迁去州来的昭侯的新消息传来。消息不知出处，但在蔡国遗民聚集区传开后引起纷纷议论。那夜吴军入城，导致蔡国不得不迁都州来之事，竟是昭侯在背后一手策划的。

百姓对这传闻并没有过于惊讶，很多事也因此得到了解释。蔡国本就夹在楚吴两大强国之间受气。长年以来，加入楚国阵营还是投靠吴国一直都是令蔡国掌权者头痛的难题。

若传言为真，在吴军入侵的噩梦般的那晚，亲吴的昭侯和亲楚的公子驷之间横亘多年的矛盾是否终于爆发？一切都是昭侯的图谋，做足准备将吴军引入城中，趁乱命令大夫即刻斩杀公子驷。

在昭侯之事传得沸沸扬扬之际，多灾多难的昭侯二十六年告一段落，终于迎来昭候二十七年的春天。漫长的冬季结束了，汝水渡口迎送往来船只，渐渐热闹起来，不知从哪里传来一个消息，令我们蔡国遗民无法置若罔闻。听说楚国为了统治尚未移居州来的蔡国遗民，正在新建城邑，待其落成，便会将蔡国遗民悉数迁至新城。

这消息令人始料未及，但未必是虚言。原本蔡楚之间已定下迁都之约，在即将履约的最后关头被吴国虎口夺食，迁都目的地改至吴国。经深思熟虑，楚国自然会聚集蔡国遗民，让他们前往楚地，此番举措似乎理所应当。

这重磅消息自然在蔡国遗民当中引起震动，一时间人心惶惶，前方生路刹那间暗淡无光。在蔡国故地作为遗民活着，虽得不到国家庇护，但也因此享有一定程度的自由。一旦归属楚地，定会被剥夺一切人身自由，受到奴隶般的对待。年轻人将尽数受征入伍从而被推向战场，这是显而易见的事。

消息疯传，新蔡上空一片愁云笼罩。不少人对此半信半疑、心存侥幸，然而传言最终成了铁板钉钉的现实。

这可怕传闻传开约一个月后的深夜，我们被邻居的叩门声叫醒，起身跑到门外，只见附近的广场上正燃着火堆，聚集着众多住在附近的人，将十几个来自汝水中游地区农村的蔡国男女围在中间。

我们从来访之人话语中得知，如今楚兵正在劝告上蔡周边地区的渔民、农民搬去楚国指定地界生活。虽说给了一年左右的迁居时间，但谁知会不会朝令夕改，下令当即将所有人带往楚地，所以这些百姓就不管不顾抛下家当先逃了出来。

听深夜访客们所言，移居楚地之事似非空穴来风，这一迁民政策在边陲地区已然开始实行。眼下这些人尽管逃至此处，也不能保证新蔡城邑是安全之所。但寄身于蔡国遗民聚集地总比在他处更安心些，他们也正因如此才前来投奔吧。

"都城归了吴国，咱们这些遗民就被划分给楚国了啊。"

不知谁说了这么一句，一语中的。

"这样可就糟糕了。"也能听到这般抱怨的声音。

确实很糟糕，但我们对此束手无策。这便是身为亡国遗民的悲哀。

翌日，我们像往常一样前往市场干活，一个来自郑国的商人说，有楚军在附近的村落扎营，可能不久就会进入此地。听到这个消息，我立刻下定决心，当即动身离开新蔡。若是被楚国士兵带去楚地，我这一生就没有指望了。

我来到市场里每天都会去的一家宋商经营的店铺，经由店家介绍，加入前往宋都的运货队伍。当时年轻人都被征作兵役，到处都缺劳力，只要年轻力壮就会受到欢迎。

就这样，我加入那十余人的宋人队伍，离开新蔡城前往陈都，再从陈都前往宋都，踏上了说悠闲也悠闲、说辛劳也辛劳的旅程。我们从新蔡往陈都搬运石材，再从陈都往宋都搬运大水缸。无论住在哪里，只要听到军队靠近，就躲进村庄或隐入山林，有时甚至浮潜于溪川。我有生以来第一次异国之旅就这样继续着。辗转所经之处，无一不受战乱波及，山野、农田一片荒芜，有食不果腹的村落，也有遗孤成群的村落。人心自然也千疮百孔。

从新蔡城邑到宋都商丘要花费近一个月。我们到达宋都后没有进城，而是在睢水支流河畔的村落里稍事休整，缓解长途旅行的疲惫，随即又投身繁重的体力劳动。只要不挑三拣四，挣钱糊口还算容易。

奇怪的是，我在宋国竟没有身处异乡之感。都说宋人的生活和思考方式颇承殷商遗风，确实如此。回溯历史，宋国建于殷都旧址。由于本地风俗尚存，殷商覆亡、周朝掌管天下时，周王将一名殷商王族分封于此继承殷祀，这才有宋国。

如此看来，现在的宋国可谓往昔殷国留在中原的唯一遗产。因此，宋国虽位列中原诸侯国之中，其立场却多少有些不同。生逢乱世，宋国的治国之路必定步履维艰。

只要自称宋人，便会遭到别人投来的戒备目光。殷人曾创造出璀璨文明，也因此擅长计较利害得失，宋人同样如此。当初在新蔡的王宫市场，其他国家的人也总是对宋商敬而远之。

而我却莫名与这些宋国商人十分投缘，得以加入宋国的运货队伍，跟随其来到宋都。也许就像我刚才提到的，我身上流淌的殷人血脉决定了我的命运。

好了，先讲到这里，容我为下次讲述做些准备。毕竟是四十多年前的事，很多已记不真切，铺垫或许过长了些。我想，在开始讲述我和孔子师徒的故事之前，先请诸君对我的故国蔡国有所了解，听一听我这不值一提的经历，或许有助于理解后面的内容。那么，请暂容我整理一番思绪。

从方才起，风势渐缓，天气闷热起来。在寒舍附近散步或可令诸君转换一下心情。此间山村虽不足挂齿，这拂过杂木林的初夏清风倒别有一番情致。

二

诸位久等，我们继续刚才的话题。抵达宋都约半月后，我们十余人前往位于宋都北方约五日行程的农村，从事针对农田灌溉用水的引渠工作。那片村庄地处偏远，柳林茂密、白沙覆地，我们需要将济水支流经三道水渠引入农田。沙质土地适合柳树生长，目之所及，柳树成荫。工事持续了半月左右，完工后，我和另两个同龄的年轻人留下来帮忙春耕。

我们打算在春耕结束后第二日启程返回宋都。临行前一天傍晚，我们从耕地走回投宿处，卸下多日累积的疲惫，身心都十分轻松。此时，一个村民在村口叫住我们，要给我们介绍新活。他说今日村里住进了十数人，他们从卫国出发，经由曹国行至此地，是颇有身份的旅人，之后将途经宋都前往陈都。他们希望募人同行，处理抵达陈都前旅途中一干杂事。既不是体力活，听上去也没什么危险，我们连声答应下来。

于是那村民带我们走过半没于砂石的小径，穿过乡间小道，朝村里最大的一户农家走去。方才提到的旅人们即落脚于此。

还未走进农家宽敞的前院，便听说那一行旅人正在不远处山脚下散步。于是我们停下来，望向他们所在的方向。村落南边错落散布着几座大小不一的山丘，上面覆满砂石，寸草不生。山丘之间则零星点缀着几株柳树，浑然一派赏心悦目的景致。

最近处的大山丘脚下，几名男子的身影映入眼帘。只见领头者身材颀长，从容地踱着步，他身后跟着五六个人，都像他一样悠闲地迈着步子。他们时而驻足交谈，随即又沉醉在山水之中。

我们不愿贸然上前打破气氛，便在一旁等待。其中一人注意到我们，离开人群朝这边走来。

他未作寒暄，向我们指明落脚的农家方向，吩咐我们整理好行囊，于翌日正午前去会合。言简意赅地说完，便又匆匆回到山丘脚下。他衣冠齐整，毫无赘言，我从未在此地见过这样的年轻人。

想必诸君都猜到了，这一行旅人便是孔子师徒。那日远眺，是我第一次目睹夫子身姿，如今想起，已过去四十七年。而那位离开伙伴前来交谈者，便是孔子一行中最年少的子贡。子贡比我年长四岁，时年二十九。

近来，我时常回想起那个遥远的初夏傍晚。仅是那遥遥一望，便引我不由追思，那时夫子对伴在身旁的子路、颜回、子贡等弟子说了什么呢？可惜，如今已无人能给出答案。颜回、子路早已亡故，夫子也离开了我们。若子贡尚且健在，或许能解我疑思，但我如今隐居深山，子贡身在异国，怕是很难得到他的消息了。

时隔多年重提旧事有些恍然。曾有那么多可以提问的时机，为什么都错过了，为什么当初没有开口询问——难怪诸君有此疑问，我无可辩驳。

更惭愧的是，待我隐居深山二十多年后才得知，当初第一次遥望夫子散步之时，那座山丘名为葵丘，正是夫子出生百年前（公元前六五一年）齐桓公召集鲁、宋、郑、卫等中原霸主缔结葵丘之盟、约定不设黄河堤防之地。这是从一名通晓齐国历史的人士那里获知的。

夫子应当深知其中渊源，想来他定是有意同弟子讲述此盟约，才投宿于葵丘附近的村落，并在山丘脚下散步。那时夫子对子路、颜回、子贡等人说了什么呢？实在很想知道。

据我所知，当时缔结盟约惯用活祭，歃血为誓。但葵丘之盟不同，只将盟约覆于被捆住的活畜上作为仪式。

夫子是如何评价葵丘之盟的呢？时至今日，我仍然万分好奇。

齐桓公虽有中原第一霸主的美誉，夫子对其所为未必全部认可。但对于桓公号召诸国结盟，约定不在黄河沿岸兵戎相见之举，夫子大概也坦率表达了钦佩之情。缔结此盟之前，黄河常被用作兵家利器，多少农田、家舍、村落付之洪流，又有多少无辜的百姓失去生命。

夫子五十五岁时离开鲁国，踏上长达十四年的逃亡与游说生涯。在夫子离乡第五年，我有幸在葵丘见到了他。在远离鲁国的十四年间，夫子有半数时间生活在卫国。我近来时常会想，夫子长期寓居卫国，莫非是有意监督能够自由使用黄河水的卫国，令其恪守不阻塞水源的盟约？这仅是我的臆测，还请诸君切莫当真。

齐桓公究竟是怎样的掌权者，我并不清楚。夫子是如何评价他的，我也不清楚。但在此，仅就葵丘会盟的功绩也值得对桓公表达敬意。夫子想必不会反对。听说葵丘会盟两百年来，即使朝代更迭，盟约依旧牢固，黄河水没有再被当作武器使用。战乱中看够了国破人亡，但人与人之间大概依然存有值得相信的品性。

夫子一行人在位于葵丘的村落借宿了两晚，于第三日启程前往宋都。共五辆马车，夫子乘一辆，另两辆上坐着自卫国随同而来的人，剩余两辆载着行李。一行十数人中大半是卫国人，他们护送夫子到宋都后，再折返卫国。

旅途中投宿之处，都是当地有头有脸的人家，应当是提前联系好的，不论到哪儿主人都做好了接待准备。不过，除了夫子和两三位主宾外，其他人须自寻食宿。

我们三个被临时雇佣的人白天跟在夫子一行人身后，进入投宿的村落后，便立刻去邻村采购食物和柴火。回到宿处便烧火煮水，帮忙做饭，十分繁忙。

旅途中几乎没有接近夫子的机会，无法在近旁端详他的面容，也没能聆听他的话语。虽听闻孔子非普通人，但不知他究竟有何过人之处，只知道他曾为鲁国大官，还是有名的学者。不单是孔子，我们也全然不知围绕在他身侧的一众人等究竟是什么来头。

即便如此，在抵达宋都前的几天里，我们同这群不知底细的人同行同住，披星戴月。必要时也与之交谈。其中交谈最多的当数子贡。

在前往宋都的五天左右旅程中，我唯有一次感觉到了夫子异于常人之处。那是到达宋都的前一日，傍晚时分下起暴雨，行程受阻，无法抵达预定投宿地，我们一行人在山脚下找到一处空置的农舍避雨。说是农舍，其实是间荒败的破屋，只有屋顶和泥地，漏风漏雨。

雷声轰鸣、闪电迸出，电光石火间，斜倾的广袤原野在眼前漆黑的夜幕下乍现。宽广的河川横卧于平原，应为济水支流，河流那头则是被密林覆盖的广阔原野。

每当闪电划过，对岸密林中便会蹿起一道黑色烟柱。闪电、黑柱、闪电、黑柱——两者无休止地交替闪现，无数黑柱拔地而起，在闪电下时隐时现，宛如密林上空铺展开的幕帘，让人怀疑河对岸的原野上正发生着惊天动地的异变。

我和同伴们在主屋旁的柴房中避雨，因雨漏得厉害，便想转移到其他人避雨的主屋里去。虽说主屋也透风漏雨，好歹泥地板宽敞，不似置身暴雨里一般。就在跑进主屋时，我看到了惊人的一幕。

只见夫子于泥地靠近院子的一角正襟危坐，子路、子贡、颜回以及从卫国随同而来的人在他身后坐成一排，皆巍然端坐。闪电划过，一次次照亮他们端坐的身姿。我在泥地角落注视着这不同寻常的景象，移不开视线。

在那个电闪雷鸣的夜晚，我有生以来第一次认识到，世上竟有这样一群不可思议的人。他们的想法和行为难以捉摸，面对电闪雷鸣、如注暴雨不躲不退，端坐着坦然相迎。若说我在旅途中被这群素昧平生的人触动了心弦，想来就是此时。

若没有经历那一晚，或许我在宋都或陈都就会离开孔子师徒一行。在赶赴宋都的那一晚，我所见的景象是何等强烈、何等惊人，又何等新鲜，这种心情无以言表。原来世上有这样一行人，他们的举止殊异非凡，他们的存在是我不曾想象的。恍然惊觉，在这乱世中，在这个众生汲汲苟活的世间，或许仍有值得我们追寻的事物。

翌日傍晚，我们一行人抵达宋都，不知为何，留宿计划有变，我们没进城，而是从城郊直接出发朝陈都走去。当天深夜，我们赶到一个位于山腰处的小村庄落脚。

第二天一早，那些从卫国随同而来的人们中断了护送夫子的计划，匆忙返回黄河河畔的故国。本应同行至陈都的五辆马车和车夫们也不知何时打道回府了，同行者锐减，只留下冷清的一小伙人。除了夫子和他的弟子子路、颜回、子贡几人，就只剩我们三个临时工了。

到底发生了什么事，我们几个毫无头绪，只隐约察觉到，眼下孔子一行人要尽量避人耳目地通过宋国。我也是那时才知道，孔子一行人并非受到所有国家的欢迎。

约一个月后，我们已在陈都安定多日，我从子贡口中听说了宋国事件的原委。当时护送夫子的卫国人探知宋国权贵桓魋对夫子起了杀心，于是孔子师徒一行急忙避开宋都，乔装打扮，直奔陈都。

此番风波之后，夫子再听到桓魋之名时曾叹："天生德于予，桓魋其如予何。"这也是子贡告诉我的，意为：上苍赋予我拨正这乱世的使命和治世的能力，桓魋又能奈我何？

我喜欢夫子这句话。初听时不解其意，在夫子身边侍奉后，便自然明白了他说这话时的心境。此言恰如夫子其人，也只有夫子能说出这般了不起的话。

在夫子诸多类似言论中，这是我听闻的第一句。又因我在夫子发此慨叹的旅途中一路随行，所以这句话对我而言有特别的意义。

原来如此，诸君也悉知吗？你们知道夫子的这句"天生德于予"？这句话也被收入孔子语录中了啊！太令人高兴了。不过，诸位要如何获知夫子这些言论呢？不可思议，实在惊人。

言归正传。同卫国人分别后，立显寒酸的一行人找地方重新买了两辆马车，夫子乘一辆，另一辆载满行李，一路向陈都进发。子路、颜回、子贡三人随侍在夫子的马车旁，我们三个临时工则跟在行李马车后。往常从宋都到陈都最多只需三四天路程，此趟情况特殊，耗费了三倍日程。

我当初加入宋国运货队，曾走着与此行相反的路从陈都前往宋都，算起来不过是近两个月前的事。短短时间里，这段路已看不出原貌。途经之地道路崩塌，桥梁毁坏，越来越多了无生机的村落，经常碰上各路大小军队，根本分不清隶属哪国。

一言蔽之，宋都和陈都之间那条时而潜流地下、时而流经地表的无名大河，以及流淌着数条支流、桐木成林的大平原已然面目全非，成为满目疮痍的荒凉地带。

在这般恶劣环境中，我们不得不择道而行，多费了不少脚力。奇怪的是，我竟浑然不觉乏累。大概是因为置身夫子一行人中，被他们独特的氛围感染了吧。

出发总是很早，在浓雾紧锁的大平原上走着走着，村落、桐木林、池塘、河川陆续从晨雾中显现出来。新一天的旅程就此开始。

午饭和休息时，我们几个临时工会同孔子师徒隔开一段距离，不过总有人过来招呼我们加入。因此，我们几人也时常和孔子师徒一起度过愉快的时光，那真是不胜喜悦。就算他们谈论起艰深的问题，我们虽不解其意却也乐在其中。这也是夫子和他门下弟子的魅力。

托他们的福，我不单对孔子，对子路、颜回、子贡的性格以及他们各自与夫子的相处方式也有了些了解。众人探讨时，夫子有时也会询问我们临时工的想法。每到此时，夫子会把我们当成弟子般一视同仁，实在令人受宠若惊，得遇如此良师，哪怕为他赴汤蹈火也在所不辞。

暮色渐至、皓月升空之时，子贡便会到附近的村子里安排住宿。我略知当地农家的情况，经常同他前往。

解决宿处后，我们三个临时工便会在投宿人家的前院生火准备晚饭，时有村中妇女过来搭手帮忙。村民虽不知是何方来客，但看得出孔子师徒是不可怠慢的贵人，晚饭后，人们便聚拢过来，唱起当地的歌谣欢迎远客。

就这样，共同生活半个多月后，我们几个临时工不知不觉成了孔子师徒一行中的成员。若是就此加入他们也挺好。正因是孔子师徒，我才产生了这样的想法。当时，夫子应该是六十岁。子路五十一岁，颜回三十岁，子贡二十九岁，我二十五岁，大家年龄各异，却从未有人在意，这便是我们一行人的特别之处。

言归正传，我们经过十几天跋涉，终于进入陈都，拜访一位住在城外东南方向、素有贤大夫美誉的权贵之人，在他的府宅借宿。我的两个临时工同伴是宋国青年，休整几日，疏解了长途跋涉的疲累后便回宋国去了。而我身为蔡国遗民已无家可归，便听凭自己的心意，留在孔子师徒一行中打杂。

从那时起，我便一直侍奉在夫子身边，直到他离世。

这便是我和孔子师徒的渊源，承蒙问询，便在此简言相告。

孔子师徒一行人在陈都羁留三年。后来陈国沦为吴楚相争之地，我们便离开陈国，前往楚国领地负函避难。未能久留，一行人最终回到了曾经栖身的卫国。在卫国逗留四年后，于鲁哀公十一年，夫子终于被迎回阔别十四年的故国，开始了在鲁国教书育人的晚年生活。

若就此打住话头，想必诸君意犹未尽。我不妨顺着刚才的话题，大致讲讲孔子师徒在陈都的生活，前往楚国途中的风波，以及回到卫国的经过吧。

　　在陈都时，孔子一行，也就是夫子、子路、颜回、子贡和我五人，住在一位有贤大夫之誉的名士家中。他官居"司城"，掌管城门相关的一切事宜，性情温和敦厚，给予我们诸多照料。

　　我们住进用矮土墙分隔的屋子，毗邻贤大夫的府宅。每逢秋至，附近的池塘便迎来候鸟。四季更迭，我们在异国的三年也称得上悠然自得。

　　夫子的居所自然最为气派，数个房间环绕中庭，可以举办集会，开设二三十人的讲席也绰绰有余。当然，还配有厨师和仆役。

　　子路、颜回、子贡自不必说，我也几乎每天一早就到夫子宅中干活，一天大部分时间都在那里度过。

　　可能是百姓将夫子一行误认作了什么，日日有人登门求教，从祭祀到气候、农事，甚至问及巫卜之术，前来商谈的人络绎不绝。大多是男人，女人亦有。

　　虽有子路、颜回、子贡三人分头接待解惑，还是经常应接不暇，只能劳烦夫子解答，弟子们再把夫子的回答简单易懂地转述给提问者。

我负责清扫夫子的庭院、莳弄花草，也包揽诸项跑腿事宜。闲暇时就去旁听夫子讲学，或观摩子路等孔门弟子的课业。那时的我，每天都感到从未有过的充实。

而最让我惊叹的，是先师孔子对生活诸事涉猎之广，造诣之深。夫子常常亲自为提问者解惑，手把手指点农事，事无巨细地传授祭祀之礼。夫子曾说自己"多能鄙事"，的确，生活杂事中没有什么是他不会的。

我们在陈都居住约半年后，夫子开始奉召入宫。每月两三回，夫子会入宫拜见湣公，或在一众官吏前演讲。至于说了什么，我辈便不得而知了。

每日吃过晚饭，我们便围坐在夫子身边自由交流。一开始是子路、颜回、子贡三人，后来我也参与其中。不知何时起，几名陈国的年轻官员也加入到这个内部圈子里。不过，交流会的气氛始终如一，身居其中便觉气定神闲，甚至想让时间停在那一刻。

某天，子路在交流会上提出有关鬼神的问题，或者说如何侍奉逝者亡灵。对此，夫子答道，活着的人尚且无法尽心侍奉，何故要去侍奉亡灵。子路又问，死究竟为何物。子曰："未知生，焉知死。"这便是交流会的大致情形。

这个话题持续了好几夜，大家在会上各抒己见，表达对夫子言论的理解，阐述自己的生死观。之后在夫子的引导下，众人对各种想法或表示赞同，或加以批判。

交流结束后，我走出夫子的宅院，在回住所的路上抬头仰望夜空，只觉那夜格外美丽，仿佛置身一场美梦。

有时，子路、颜回、子贡和我四人会聚在一处。通常这种时候，最年长的子路便会担起主导者的角色。

"不知夫子来这弱小的陈国是何打算，准备待多久？"

子路这个问题有些棘手，谁也没能当场回答。

子路继续道："陈国夹在楚吴两国中间饱受欺凌，夫子大概想要施以援手。想必夫子一开始是有把握的，所以才会从卫国直奔陈国而来。但是，在陈国停留约半年后才发现，要救这个国家谈何容易。一个没落的小部族国家，夹在楚吴两大强国之间，终有一天会被其中一方灭掉，任谁都无能为力。但麻烦在于，既然来到陈国就不好再离开。尽管这个国家随时可能覆灭，如今也不能就这样拂袖而去，况且人家对我们如此礼遇。夫子就是在为此事烦恼，既已入城便无法脱身，该如何是好。"

子路说这话时表情很轻松。难道想象夫子困扰的模样是件开心的事吗？夫子的高徒子路比我年长很多，彼此少有交谈的机会。但据我观察，这其实是子路开朗豁达之处。先抛出这番发言，接下来就听子贡如何维护进退两难的夫子，颜回如何为夫子开解。

只听子贡开口道："依我之见，夫子之所以入陈，是想通过陈国与南方大国楚相交。夫子想要匡正这动荡的世间，如今之计，唯有借助强国的力量。起初夫子是想仰仗北方强国晋，所以去年他打算横渡黄河，岂料在黄河渡口听闻晋国政变的消息，被迫中断行程，此事我们皆知。夫子曾叹：'美哉水，洋洋乎！丘之不济此，命也夫！'夫子最终没能渡过黄河，也是天命注定吧。那时，楚国便取代晋国浮现于夫子脑海中，因此夫子才会选择顺服于楚国的陈国，决意入陈。夫子如今定是一心一意等待一个与楚昭王恳谈的机会，所以才会留在陈国吧。"

子贡话音落下，子路看向低头沉默的颜回，模仿夫子的语气问道："回，你怎么看？"

颜回慢慢抬起头望着远方，缓缓开口道："眼下夫子应该不会离开此处，或许会停留数年。"他低头想了想，又抬起头："夫子大概对这个国家心存好感。比起卫国、齐国，甚至故土鲁国，他更爱这个小小的陈国。这是我的看法。"他又说："若当真如此，那么夫子究竟喜欢这个国家的哪个方面呢？这是个难题。在我看来，此地百姓喜吟淫靡之音，又崇尚巫术。尽管如此，夫子却……"

颜回再次停下，思索片刻，继而开口："尽管如此，夫子却还是喜欢这个弱小的陈国。究竟这个国家为何让夫子无法割舍呢？近来我一直在思考这个问题，还是未能走进夫子的内心。"

颜回向子路微微点头，示意自己讲完了。那是我第一次听颜回陈述自己的见解。这位素来寡言的年轻弟子果然是不同凡响的英才，难怪能得到夫子的看重和偏爱。

方才提及，我们之所以能在异国过上如此闲适的生活，全靠当时陈国的一位贤大夫。在陈都生活期间，有时连我也会收到国家发放的衣物和金银，想来是他有心照拂。

然而我如今说到这位贤大夫，却想不起他的姓名。蒙受对方那么多恩惠，却不记得名字，实在奇怪。当时我们总称呼他为"司城"或"大夫"，似乎不曾直呼其名。说起来，我从未和他打过照面，只远远朝他低头致意过两三次。因此，还是"司城""大夫"这类称呼更顺口些。

不过至少应该记得恩人的名字。若是子贡、颜回他们知道我这般疏忽大意，定会面露责备之意吧。

前些年，对，差不多是十年前，我经人介绍结识了一个往来于陈蔡地界的鲁国官吏，便委托他调查那位陈国恩人的姓名、政绩和晚年经历。

然而，那个人回国后带来的消息不尽如人意。那位温良和善的陈国权贵似乎只留下了"司城"的官名和"贞子"（赞誉正直清廉之人）这一谥号。至于其姓名、经历、政绩等则全无记录，无从查起。春秋时期世事动荡，这样的结果也可以想到。哪个国家甘心灭亡呢？

陈国被楚国所灭，是在鲁哀公十七年（公元前四七八年），夫子一行结束了三载陈都淹留后约十年。算起来，陈国灭亡距今已有三十多年了。

　　不管怎么说，追封谥号只可能是在国家灭亡前，由此推断，那位恩人在我们离开陈国后仍在世，故去前不曾目睹家国覆灭。如今看来，即便他得以永年，也无法扭转亡国的命运。他的早逝未尝不是另一种幸运。

　　就是这样一位大夫，他的名字、经历、政绩，一切都已无迹可寻，以至今日说起他竟不知如何称呼，只能暂以"司城贞子"相称。

　　有关司城贞子的事就先说到这里。接下来，想和诸位分享我记忆中陈都生活的二三事。

　　在陈都的第一年匆匆而过，迎来第二年的春天。那是鲁哀公四年，陈湣公十一年，以我蔡国遗民的身份来说，那也是蔡昭侯二十八年。当时国家远迁州来，百姓半数沦为遗民，汝水河畔早已寻不见半点昔日痕迹。但毕竟尚未亡国，始作俑者昭侯如今身在州来，应担起治理国家的责任。

　　然而，那大概是春天已逝、夏阳越发刺眼的时节。某日，我正准备照常去夫子住处干活，有人来传话，说夫子唤我立刻去他的房间。我以为发生了什么事，急忙赶过去，只听夫子对我说："有蔡国的消息。但不是什么好消息……"让我有心理准备后，他接着说："今春二月，昭侯被一个大夫射杀身亡，刺杀者被当场处决。昭侯薨后，公子朔继位，为成侯。"

夫子言尽于此。想来夫子知我生于蔡国，所以有相关消息便有意知会我一声。

我很快退出房间。身为蔡国人，听闻故国掌权者被下属弑杀，心里五味杂陈。蔡国迁都州来，不单单是领地更替，完整的国家被一分为二，无数百姓沦为遗民，悲惨不堪，公子驷也为此失了性命。我之前就说过，这一切都应由昭侯负起责任，谁料那昭侯又落得被下属杀害的悲惨下场。唉，或许这一切都非人力所及。

只是那继位的公子要在乱世中立国，绝非易事，身为蔡国遗民，愿他能平稳顺遂地渡过难关。老实说，当时我对蔡国的牵挂也仅此而已。

一波未平一波又起，在得知昭侯事件后约一个月，一个传言，不，应该说是消息在街头巷尾传开。

这件事和我多少有点关系。消息称，最近楚国打算将尚未迁居州来的蔡国遗民收容至楚国腹地负函，并为此特设了一座城邑。

起初是陈国官吏来告知此事，不久，那些在负函做过生意的人也谈论起来。我听后百感交集，当初就是提前料到事态会发展至此，为了不被波及，我才逃离新蔡的王宫市场，几经周折来到这里。

然而那些告知消息的商贩一听说我是蔡国遗民，无一例外都劝我尽早搬去负函。负函是楚国领土，理应受楚国官吏管制，但他们告诉我，如今负函已成为蔡国遗民自主经营和居住的街道，正焕发着他处没有的生机。搬去的人们都在朝着新生活奔忙劳作。

比起那些热心的商贩，夫子的弟子们，无论是子路、颜回还是子贡，对此事都十分淡漠，没人关心负函的城邑是否建成，也不曾提起这个话题。这也可以理解，子路、颜回、子贡三人鲜少提及自己的故乡，似乎已把这些当作身外事。不问来处，但凭本心，只愿在另一方天地与师长一同脚踏实地地生活。他们就是这样一行人。

不知是幸还是不幸，如今我也对负函毫无兴趣。我加入孔子师徒一行不过一年，但经耳濡目染，孔子师门那不为人世际遇左右的门风已在我心中占据一席之地。我早就没了要离开他们的想法，实话说，若真离开了他们，我想不到别的生存方式。

在某种意义上，从葵丘的村落前往宋都的旅途中，与孔子一行人共同经历的那个电闪雷鸣、风雨大作的夜晚是我人生的转折点。自不必说，入陈以来我也以孔子师徒中的一员自居，模仿夫子坦然端坐着迎接疾风、迅雷和暴雨。

某日，我请教颜回，该用怎样的心境直面"迅雷疾风"。

颜回答："夫子从不跟我们解释什么，向来让我们自己思索。关于'迅雷疾风'，我只能告知自己的想法，可能并非正解。"如此开场之后，他继续说："可以把疾风、迅雷、暴雨看作天怒。天怒之下，人须虚心以对。因此，我正襟危坐、扪心自省，全神贯注聆听天怒，等待它平息。"

我想，颜回的这番解释再正确不过了。自那以后直到今日，在漫长的年岁里，我始终以谦卑之心迎接暴风雨。想象夫子就端坐在身前，我在他身后侍奉，将渺小的自己暴露于大自然的嘶吼之中，静待汹涌的天怒渐渐转弱，直至平息。那是其他事物无法取代的、涤荡身心的珍贵时刻。

三

我们在陈都迎来第二个春天，那时的我也不由开始想，夫子到底还要在这个国家逗留多久。这已是我们在陈国的第三年。

方才提到过，子路曾揣测，夫子当初怀着一腔热血来到这个随时可能覆灭的弱小国家，如今却不能回头，陷入进退两难的境地。当时他语气中带着些许调侃，如今看来却不无道理。

相较此言，子贡更深入体察夫子的内心想法："夫子希望得到楚昭王的召见，但不愿其中有太多人为干涉。所以在这个机会来临之前不骄不躁，安守于此。或许他还想再等上一阵。"

的确，这是另一种见解。如今夫子将希望寄托在中原霸主楚昭王一人身上，就算逗留再久，也极为自然。

而颜回面对种种见解，将夫子留下的原因归结为对陈国的喜欢，再无其他考虑。此解释未免经不起推敲，但不能轻易排除。

事实证明，颜回的看法或许才最恰当。在陈国的第三年，夫子聚集这个国家的年轻官吏，教授他们礼乐制度，进行礼法启蒙，还举办集会，与城中百姓对话交谈。事必躬亲，十分上心。把夫子这些行为视作对陈国及其百姓的喜爱，最为自然。

在夫子居所举办的集会上，我也曾听过好几次夫子的讲学。即便历经四十余年，夫子的诸多话语依然鲜活地印刻在记忆中。有关"信"的阐述便是其中之一。

"人不能说谎。凡出口之言，都不应有任何虚饰。这是世人的共识，是心照不宣的约定。人们只有相互信任，才能创造出有序的社会。人所说的话，必须是自己相信且可信的。'信'这个字正是由'人'和'言'组成。早在五六百年前，创造了高等文明的殷商时代就已造出此字，将其刻在由龟甲或兽骨制成的甲骨上。"

夫子之言触及陈国的一大缺点。从崇尚巫术的民风来看，陈国人并不能坦率相信他人之言。回顾陈国历史，也可看出此事的影响。兵刃相向的同族之争、他国的不断侵略，这些绝非偶然，说是陈国咎由自取也未尝不可。

然而，这种情况并非陈国独有，我的故国同样如此。蔡国沦落到如今这般悲惨境地，就是因为国家内部早已失去信任，只剩猜忌了。

夫子在谈论任何问题时，总会提到"仁"。

"'仁'字，是'人'字旁加上'二'。无论是亲子、主仆，抑或旅途中所遇素昧平生之人，只要人与人相遇，便会产生彼此都需要遵守的规矩，即是仁。换言之，就是体谅，站在对方的角度看待问题。此'仁'字，也是殷商时代所造。"

夫子认为，为了让这乱世变得有序，必须从根源上解决问题，正本清源，因而提出"礼""信"这类主张。

确实，如今中原一带的情势混乱至极，恐怕施以任何政治手段也徒劳无功。只能从其根源——为人处世之道上来拨乱反正。夫子也许正是这么想的，所以才会以一己之力开始提倡仁和信的理念。当时正巧身在陈国，于是他就在这小国之中开始实践也未可知。这便是我的看法。

夫子晚年时常在会集天下英才的鲁都学馆提出同样的话题，我在场聆听过他的讲授，但都不似在陈都夫子居所中那般强烈激荡着听者的心神，释放出强大而动人心魄的力量。如今想来，当时的陈国正夹在楚吴两强之间，受尽欺凌和侵略，夫子在陈都发表那番话，宛如立于战场正中布道，无论是站在讲台上的夫子，还是听讲的我们，都真切体会到了剑拔弩张之感。

其中关于仁的理解对我而言尤为重要，之后夫子和众高徒多次探讨，我也旁听过几次，其论述之深远独到，非我辈能力所及。因此，我十分珍视夫子在陈都对仁的论述，即人与人之间的道德约束，我将所思所行归结在这一点上，努力遵循实践——尽管不易，也不懈坚持至今。

"信""仁"二字皆为殷人所造，刻在甲骨上。每每思及夫子这句话，我便同初闻时一般通体舒畅，心中如释重负。之前提过，我身上可能保有殷人血脉，不由会想，能在高度认可殷人文化的夫子身边侍奉，或许是某种缘分。

在陈都的第三年，出入夫子居所的当地人与日俱增，还有不少远客前来拜访，常有三四人留宿宅中。一时间，夫子的居所宛如生意兴隆的旅店。

访客多为卫国人，每到午后开府时间，夫子宅中便人来人往。

在离开鲁国，踏上亡命与游说之路后，夫子直奔卫国，在那里生活了四年，其后才启程来到陈国。

因此，那些在卫国受到夫子亲切教诲的弟子久候夫子不归，便不顾路途遥远前来拜访，只为再次恭听夫子之言。

我直到那时才意识到，原来夫子门下有众多像子路、子贡、颜回那样的弟子，他们大部分身在鲁都，日夜期盼夫子回国。

初秋之际，有一人代表鲁都众弟子前来拜访。他举止极为温厚，约三十岁，其谦和之姿丝毫不逊于颜回。他就是后来在鲁都与我交好的冉求 ①。

在夫子逃离鲁国，开始游说之旅时，正是冉求驾车随夫子从鲁都前往卫都。或许因此缘由，夫子总是亲切称他为"求也"。

在短暂的造访时日里，冉求尽可能在夫子身旁侍奉，将心中常年积存的所思所疑说出来，一一请教夫子。

我这才后知后觉，原来孔门十分庞大，不仅限于鲁卫两国，还遍布中原一带。我想，人们对夫子的仰慕之情正结成一张无形的大网，从黄河向南北两方不断扩大。

夫子并不在乎这些，一如既往地修身养性，泰然度日。如今因故寓居陈国，他便和年轻人一起过着忙碌而愉快的日子。

---

① 冉求，字子有，又名冉有。

看到世间不平事，他怒发冲冠；遇上抱着患病女儿的母亲，他未必因敬鬼神而远远避开，反而陪她一同在路旁向神明祈祷。若有闲暇，他便与年轻人讨论人应该怎样活着。每天日落时分，夫子便会走出居所，在附近的桐木林中垂首漫步。

我已经和子路、子贡、颜回一样，离不开夫子了。

年岁更迭，鲁哀公六年、陈湣公十三年的春天到了。从昨夏至今春，齐国讨伐宋国，晋卫两国在黄河河畔交战，此类带着血腥气息的消息不断传到陈都。夏初，突如其来的熊熊战火直袭向陈国。

那是陈都夏风初醒的时节，深夜，司城贞子突然造访，夫子居所中的气氛瞬时紧张起来。

"吴国全军出击，开始从四面围攻我国。得此消息，我国火速向同盟国楚国求援。看来此次进攻并非吴王夫差一时兴起。他借进攻陈国之机，势必要与宿敌楚国、楚昭王一决高下。楚昭王正率领全军向我国东部最大的据点城父进军。

"情势所逼，我陈国势必沦为吴楚两军决战的主战场。如今已无路可逃。

"事已至此，望诸位于明日即刻离开陈都，前往楚地。虽说要进入楚国，但这应该是眼下最安全的选择。楚地辽阔，前往为蔡国遗民而建的新城负函或为上策。管辖该地的叶公是楚国著名大夫，可以信任。请诸位暂且在那里避一避。

"很抱歉，由于前往负函路上的治安情况尚不明朗，关于如何取道，我没法给出建议。诸位途中很可能遇上楚军支部，或路过吴军驻扎的营地。吴军已然出动，想必做了一番准备。"

接着，司城贞子正了正衣冠，直立于夫子身前，言辞恳切："在您寓居陈国期间未能照顾周全，还让您身陷如此事态，实感万分抱歉。万望保重身体，祝您得到有力后援，遂大志，救天下万民于涂炭之中。"

话毕，他便返回了自家府宅。果真是世间难得的仁人君子。

翌日一早，夫子的居所前停了数辆马车，以及随行的十几名劳工。这些都是子贡连夜找来的。

我们寓居陈都期间，子贡经常单独行动，时而去卫国，时而访宋国，行动轨迹难以捉摸。可一旦遇到如今这般紧急事态，子贡便成了最可靠的人。

对平日里关照过我们的陈国人士，子贡该道谢者道谢，该还礼者以金银相赠，凡事都办得细致妥帖。

待夫子前往王宫向潜公辞别后，一行二十余人便立刻动身离开陈都，朝西走去。

一出陈都，眼前便是无垠原野。

我们第一晚落脚在原野上散落的小村落里。我也是那天才知道，那些村落已名存实亡，早就荒无人烟。不知是国家下令撤离，还是村民自愿离村。如今这些村落空余蝉蜕，着实让人震惊。

我们于翌日拂晓再次启程，傍晚时分到达颍水支流河畔。到目前为止还基本按子贡计划的路线行进，但行至河间地后，眼前颍水、汝水的支流以及无数小支流纵横交错，道路没于水下，寸步难行。此地正经受数十年不遇的洪水侵袭。

当晚，一行人在颍水支流河畔露宿，第二天由一位熟悉此处地势的年长者领路，沿支流往上游走去。在需半日脚程的地方渡河、过夜，接着又走了七八日，绕了些远路，朝着曾经的蔡国古都上蔡赶路。我只在十二三岁时去过一次上蔡，如今伴夫子同行，再次前往已不复存在的蔡国古都，心中感慨万千。

不料，那晚在原野中露宿时，一行人毫无防备地遭到吴军残兵败部袭击，马车和所载粮食被洗劫一空，本就寥寥的衣物、寝具也尽数被夺去。

遭遇此劫后，为了让大伙振作起来，夫子拨琴吟道：

"匪兕匪虎，率彼旷野。哀我征夫，朝夕不暇。"①

　　同行之人都默默聆听夫子的琴音。不知是谁低声随之吟唱起来，难掩的悲哀剜削着众人精疲力竭的胸膛。

　　"此歌所唱乃是方才打劫我们的吴军士兵的悲哀。他们被征入战场厮杀，想来是在战败逃亡途中饥饿难耐才袭击了我们。他们已深入陈国腹地，还能不能保全性命回到故国呢？"

　　夫子话音方落，子路又吟唱起来："匪兕匪虎，率彼旷野。"吟毕，他说："此刻我所吟乃是我们大伙的悲哀。我们既非野牛，也非虎豹，何至于游荡在这荒原之上？"

　　子路道出了我们的悲哀。正如歌词所言，我们并非野牛虎豹，却已在这荒原上漂泊了三日。

　　事后想来，在原野上漂泊的这几日，我们的精神尚且从容。

　　第二天，随行劳工分头去找粮食，然而直至日落时分，只有三人带回些许，其他人都筋疲力尽，无功而返。这里的村落也都只剩空壳。

　　当晚，大家围坐在一起吃了晚饭。其后又有几人吟起歌来。

　　"匪兕匪虎，率彼旷野。"

---

① 出自《诗经·小雅·何草不黄》。

三两个年轻人轮流载歌载舞。他们大多当过兵，此歌正唱出了他们的心声。

一夜无事，直到第二天清晨，才发现劳工中只剩下三四个年长者，其他人都不见踪影。看起来不像外出，而是逃走了。

"年轻人都跑了。"一个没走的劳工说。听闻前路遍布陈国大小军队，年轻人生怕被抓壮丁，便合计逃走了。

陡然人丁零落，更显无力的夫子一行人在河间地取道跋涉，一路向西。向西、向西，话虽如此，谈何容易，如今一行人尚未走出陈国。

此时路上已找不到任何粮食。偶尔在无人的村落里寻到些许可食之物，也是杯水车薪，平分后远不足以充饥。

我们就这样饥困交加，拖着步子蹒跚前进，身侧不时有陈国的步兵部队经过。有行军超过我们的，也有迎面错身的。

有部队实在看不下去我们的惨状，分点粮食给我们，但这种情况仅发生过一两次。毕竟他们也有自己的难处，没什么余力。有些军队的马车上载着成堆的伤兵。

又走了几日，在我们离开陈都的第八天或第九天，幽魂般的一行人终于进入一个村落，那时众人已半步也动不得了。

不可思议的是，如今我说起那个历经千辛才到达的村落时，当时的情景仍历历在目。

小村落位于陈国边境，都是土屋，不远处就是蔡国。入村后，我们一行人都因连日的饥饿和疲累动弹不得。此村同样空无一人，我们聚靠在一处池塘边歇脚，塘里有几只野鸭。

我仰面躺下，发现头顶桐树的枝冠向四方散开，枝头点缀着盛放的淡紫色花朵。在我们这些"幽魂"眼中，此番景象是如此怪诞、空虚，又美得摄人心魄。

到达村落的当天，抑或是第二天，太阳西沉，暮色尚未合拢之际，发生了一个小插曲。

当时，我正躺在花团锦簇的桐树下。子路、子贡、颜回他们也在不远处的池边或坐或卧，如画般纹丝不动。

夫子同样坐在桐树下，身下铺着一张不知谁从哪里找来的兽皮。

此时，子路突然起身——对我来说很突然，只见他蹒跚走到夫子身边，后者正拨动琴弦，琴音流淌。

"君子亦有穷乎？"

子路贸然向夫子发问，仿佛在发泄愤怒。或许他真的愤愤不平，若众人就这样饿死，那我们一路至今究竟是在做什么。其他不论，见恩师孔子也受尽饥饿之苦，他定然感到无比难过和不甘。

"君子亦有穷乎？"

子路又问了一遍。夫子放下琴，转头看向子路。

"君子固穷，"夫子声音洪亮，振聋发聩，"小人穷斯滥矣！"

小人陷于穷困，便会胡作非为，无法约束自己。而君子即使潦倒，也能保持自己的品性。夫子所说便是此意。

我直起身，端正坐姿。子贡想必也有同感，起来走到我身边，肃然危坐。

"啊。"子贡低叹，满含对夫子的感佩与敬仰。听夫子一席话已是心满意足，什么饥饿、死亡都不值一提。

连我都深受感动，更何况子贡、子路他们呢。

子路站在原地，向夫子深深俯首，然后大幅扭转身躯，展开双臂与肩齐平，和着韵律一般缓缓摇摆起来。

那时，子路许是感极而泣了吧。"君子固穷，小人穷斯滥矣！"能从恩师口中听到这番指点，饥饿算什么，饿死又算什么？欣喜之余，子路被莫大的感动席卷，忘乎所以地舞动起来。

子路舞动着双臂，子贡一定也想起舞，只是被子路抢先了，他只好深深埋下头，拼命压抑胸中喷涌翻腾的感动。

没看到颜回的身影，我想他一定也深受感动。不过他没有起身，而是尽可能蜷缩身躯，将生死置之度外。绝粮、死亡，没什么大不了，只愿至死不失操守。况且，若非忍饥挨饿，又怎能听到恩师这番醍醐灌顶之言。如此，便足矣。颜回心中定也激荡着感动。

而我，再次深刻意识到自己此生已无法离开夫子。即便因绝粮饿得动弹不得，夫子坚守的君子风骨依然如此耀眼夺目。

第二天，子贡找来够吃好几天的粮食。我们这才勉强没有饿死。

此番波折后，我们一行人继续踏上前往楚国领地——新城负函的路途。好，先说到这里，想必诸君也有些累了，在讲发生在负函的故事前，先休息片刻。

这位小友说什么？"从我于陈蔡者，皆不及门也。"夫子说过这样的话吗？你说此言被收录于孔子语录合集之中？看话意，夫子是在感叹，当年跟随他受困于陈蔡之间的弟子们，最终都没能加官晋爵、大展宏图。

敢问夫子是在何时何地、对谁说的这句话？哦，你也不知道啊。

多么温和的肺腑之言啊。的确如夫子所说，当年在陈蔡之间的荒野蹒跚而行的孔门弟子，都无缘踏上仕途、出人头地。子路在卫国内乱中为系冠带，守义而死。颜回贫病交加，英年早逝。

但从另一方面看，他们得以陪伴在夫子身边，看到他最严格、最温柔的一面，拥有和夫子生死与共的时日。这

些随夫子一同在陈蔡原野上跋涉的弟子们，也可以说最令
人羡慕吧。

好了，先说到这儿吧。

四

久等了，我们继续。若是觉得闷热，坐到廊侧也无妨。

方才说到，在陈国边境的村落里，子路追问夫子："君
子亦有穷乎？"对此，夫子答曰："君子固穷，小人穷斯滥
矣！"一番师徒对话可谓精彩绝伦。翌日，子贡从某地找
来了粮食，我们一行人终于活了过来。

众人商议后，决定在这个村子继续休整三四天，等恢
复体力后再穿越国境，经蔡国故地前往楚国领地负函。

即使仍在陈国，但身处边境则完全听不到战事消息。
吴楚两军目前在何处交战，战况如何，陈国夹在其中又是
何种局势，都无从得知。我们在陈都生活了近四年之久，
十分挂念相识之人的安危，但眼下除了祈祷战事早日结束，
别无他法。

恢复体力后，我们便动身离开陈国边境。国境位于陈
国丘陵地带和蔡国大平原接壤处，平原上有汝水流经。我
们越过边界，却没看到任何划分国境的设施或标识。只有

一个大市场，不少农民在此处做生意，卖东西给边境的居民，卖主和买主都看不出是哪国人。这热闹的景象看似突兀，却是边境独有的风土人情，在其他地方很难见到。

我们一行十余人保护夫子脱离边境后，来到汝水河畔，当晚在河边露宿。第二天顺汝水而下，继续朝着昔日蔡都上蔡赶路。从那时起，周遭楚兵的盘查便多起来。我们奉命来到上蔡地区的检查站，对方得知我们要去负函，便没有多问，只要求我们在去往新蔡的途中到指定的三个村落投宿。等到了新蔡，再去当地检查站领取前往负函的新指示。

自从抵达汝水横贯的平原，我身为蔡人，在故国自然担起领路的角色，无论是接受盘查，还是领取检查站的指示，都由我出面应对。

然而这里已不再是生我养我的故乡蔡国。我年少时虽不曾踏入上蔡，但记忆中那半数倾颓的城邑、极尽繁荣的新市街如今都成了楚国军营，谁也不准靠近。可面目全非的又何止上蔡，汝水沿岸那些村落的村民都已迁往负函，只余处处无人的土屋，阴森森地横陈于大地。

偶尔也能见到有人的村子，没有资格到负函去的老人和病患就住在那里。村里建有市场，留有些许烟火气。这些村子就是我们旅人落脚的地方。

多亏那些村子，我们的住宿和粮食才有保障。但这么一来，老人都凑到我身边，把我当成腹中牢骚的倾吐对象。如今在一行人中，我倒成了最忙的那个。

老人们振振有词，大多不满现状。其实，真想劳作的话还是有地种的，若不愿辛苦也起码有食物供给，并没有到悲惨不堪的地步，但他们仍然喋喋不休地念叨着："从前多好啊，那时候的生活真快乐，现在到底是为什么活着呀……"唉，也只能忍耐了不是吗？毕竟蔡国已经灭亡了。

其实，从陈国边境来这里的路上，我心里仍抱有一丝希望，或许还能在故土的某处找到蔡国尚存的蛛丝马迹，但我完全想错了。吴国分走了蔡国的半壁江山，剩下的一半则被搜刮一空，成了楚国的所有物。如今，蔡国已被瓜分得干干净净，什么也不剩了。我是多么天真才没意识到这一点呢？

我怀着亡国之民的心情，走过抵达新蔡前四天三夜的路程。之后想来，从某种意义上说，这段路于我又何尝不是无可替代的宝贵旅程。每晚——虽说总共只有三晚，我干完活就会拜访夫子宿处，加入子路、子贡和颜回，坐在洒着月光的泥地角落或倚着门框，听夫子讲述中原的历史。

每当我探头进来，夫子总会先归纳一遍我错过的内容，再继续讲下去。

"无论是我们寓居三年、备受其关照的陈国，还是此行途经的蔡国，都是拥护周王朝的中原诸侯国，有光荣而悠久的历史。可惜它们被时势所弃，如今濒临灭亡。陈、蔡两国的灭亡是这个时代必然的结果，并非一个暴君就能致其覆灭，也非一个明主即可挽大厦于将倾。自古夏是如此，殷也是如此。"

那是夫子第一晚所讲的内容，言语中似乎在有意安慰身为蔡人的我。

第二晚，夫子讲中原孕育的文化。

"夏、商、周都有独特而灿烂的文化，若在三者中择一取之，我大概会选择在夏殷两代文化基础上进一步发展融合的周文化。周朝初期及鼎盛期的文化可谓辉煌夺目。"

夫子停顿片刻，像在整理思绪。须臾，他又开口道："周监于二代，郁郁乎文哉！吾从周。"语气坚定，毫不犹疑。

"郁郁乎文哉"，是指文化盛景如硕花盛放，芬芳四溢。随后，夫子将周文化丰饶璀璨之处向我们细细讲来。

夫子说完后，子路喃喃道："周监于二代……"接着，子贡与颜回也纷纷默念这句话。是啊，夫子口中盛赞周文化的辞藻值得品味感悟。

到了第三晚，话题是周朝丰润多彩文化的创造者。

"那自然是周公旦。他是五百年前的古人。周公辅佐其兄武王征讨殷王朝，并在武王殁后巩固了周王室的根基，是杰出的政治家、军事家、哲学家。我自少时便视周公旦为榜样，思考其在历史上的功绩，试图走进他的内心，理解他的卓越理念，直至今日仍不断求索。周公以礼乐代替殷商的神权政治，是提出以礼治世的第一人，像他这样的政治家，可谓前无古人，后无来者。"

说到这里，夫子话锋一转："在此次陈、蔡之旅中，对我而言有两件要事。一是在陈国边境绝粮，可谓终生难忘。还有一事，便是在这趟旅途中，我已很久没有梦见周公了。此事于我至关重要。"

夫子站起身，来回踱步，不久又驻足道："若将久未梦见周公的心情诉诸言语，应是'甚矣，吾衰也。久矣，吾不复梦见周公'。"

夫子时年六十三岁。"我变得如此衰老，已经很久没有梦见周公了。"他所叹者便是此意。

此"甚矣"一句也在弟子们口中传诵。

话音落下，众人陷入沉默。突然，颜回张开双臂，如蝙蝠展翅般躬身伏地。

我后来才知，当时颜回从夫子的言语中明白了何为景仰，他被夫子的苛己精神深深打动，反观自身，浅薄之处仿佛被一语道破，故而无地自容，像蝙蝠一样俯首叩地。

这便是第三晚。

面对年轻的诸君谈起那久远之事，才发觉我已然老态龙钟，在此借先师之警句自省。

"甚矣，吾衰也。久矣，吾不复梦见孔夫子。"

很久没有梦见恩师孔子了，教人寂寞啊。

尽管我不断提醒自己，蔡国已彻底覆灭，在这四天三夜的旅途中，也用自己的眼睛和脚步确认了这一点，但人真是可悲的生物，当生我养我的新蔡地区近在眼前时，又难抑情绪汹涌。

怀着难平的心绪，离开陪伴我们四日的汝水，走向通往新蔡故城的道路。途经的第一个村子设有检查站，须调查夫子的身份、经历以及前往负函的目的等。调查期间，我们就在某个指定的村子里等待下一步指令。

检查站指定的村落位于汝水沿岸，在我印象中，那里树木葱郁、周围环绕有壮丽的运河，而今却已成为老人和病患的收容所。至于其他村落，恐怕已不能再称之为村，无人的土屋如墓碑般林立，狂风肆虐，卷起漫天沙尘，鬼哭狼嚎般呼啸着，令人胆战心惊。

新蔡城旧址及周边一带也像上蔡一样，成了楚军的驻扎地，其余人一概不能靠近。

自吴军入侵、蔡国将都城远迁州来后，不知不觉已过去四年。当年,城中还能见到王宫市场那般奇异的商贸繁荣景象。时至今日我不禁思忖,那样的盛况究竟是如何形成的?来自天南地北不同民族的人聚集到一处,男女老少从清早忙碌到深夜,心无杂念地劳作。在那里,国家没有强弱大小之分,每个人都在努力谋生。记忆中那个光明、和睦,甚至欣欣向荣的奇特市场,当真存在于世间吗?

进入新蔡地区后,我愈发忙碌,没法像之前那样抽空听夫子讲授了。

我每晚辗转于那些住着老人和病患的土屋,看护病人或陪伴孤独的老人。他们有些算是我的远亲,也有知交的熟人。我奔走于土屋间,一夜也不得空闲。

入新蔡后的第六天,检查站来了消息,我前去领命,被告知随时可以出发去负函。负函的长官叶公已将一切安排妥当,静候一行人早日抵达。

从言语间听来,叶公已知晓夫子一行的行踪。想必是陈国的司城贞子事先派使者前去,将夫子在陈国的情况告知了叶公。

从新蔡前往负函需要四天三夜,一行人沿途落脚的村子也已打点妥当。

于是,众人坐船横渡汝水,前方的大平原向西、北、南三个方向无尽延伸。我们来到平原，万顷碧空的一隅翻涌着盛夏的白云。

我们一行人以夫子为首，子路、子贡、颜回和我随侍左右。此外还有三个随我们从陈都出发的年长劳工。他们一路跋山涉水，忍饥挨饿，错失了逃走的机会。事到如今，他们也心知，除了跟随我们别无他路。

渡过汝水约行半日，便到了蔡楚国境。那里分布着若干湖泊和沼泽，大小不一，相传将那些湖沼用直线连起，便是蔡楚间的国界。不用说，此类传说必然是楚国凭空捏造的。

穿过那所谓的国境，就算进入了楚国领地，放眼望去，葱绿的良田延伸至地平线，树木成荫的村落散布其间，让人不禁感叹，许久没有踏入农业国度的丰饶土地了。

我们进到一处村子，为夫子找来马车和车夫。这里的车夫是跪坐着赶车的，我们都是第一次见，十分新奇。

车夫驱马扬鞭，我们在马车前后随行，护送夫子，在大平原上一路南下，于日暮时分到达淮水支流河畔。对岸的村落星星点点，其中一处便是今夜落脚的地方。

我们不知是该从上游渡口过河进村，还是往下游走，便在原野上稍事休息，找村民问路。

在河畔不远处的庄稼地里，两个农民正在耕作，子路走上前，我跟随其后。

子路问路，田里的一个男人不答反问："那手执马缰者是谁？"

原来夫子已经走下马车，正手执缰绳，似在慰劳马儿。

"是我们的老师，孔丘。"子路答。

"是鲁国的孔丘吗？"

"正是。"

"那他应该知道渡口在哪儿。"

那人态度恶劣，子路不予理会，转头询问另一个正在松土的男人。

对方反问："你到底是谁？"似是不满子路未报家门。

"我是仲由。"

"你是鲁国孔丘的弟子吗？"

"不错。"

"天下皆是滔滔江河，无人能渡，亦无人能改其流势。你跟着那个四处奔走、全凭个人喜好、对各国掌权者挑挑拣拣的狭隘之人，能得到什么？不如舍弃俗世加入我们，耕作农田，岂不快哉？"

说完，那人便将不知什么种子撒到土里，翻起土来。

子路无奈折回，对夫子据实相告。夫子听完，说出了那句发人深省的话。

"不论何时，不管发生什么，也不能对这乱世熟视无睹，不能舍弃这纷乱嘈杂的人世间。生而为人，不和世人在一起，难道要混迹于其他种群之中，与鸟兽为伍吗？"

子路认为在田里耕作的两人应为隐士，夫子大概也这么想，但我不这么认为。从两人的口音可以听出，他们和我一样是蔡国南方人，可能曾经颇有地位，不屑到负函去被楚人看管。

没想到，这趟旅途中又碰到了相似的事情。

就在第二天下午，我们渡过淮水，进入一个名为"息"的大村落。那曾是个独立的小国——息国，因地跨淮水，在楚国北伐时遭无妄之灾，被楚吞并。

我们当天投宿于一位富农家的别舍。晚饭和住宿都已安排妥当，日暮时分，我们来到宽敞的前院，欣赏此地夏日黄昏独有的束束白光。或许是淮水浮光潋潋，流经此处折射而成。

小歇片刻后，我和村里两三个年轻人前往庭院角落夫子下榻的别舍，准备第二天的行囊。

就在这时，忽听窗外有人高呼："凤兮！凤兮！"

开窗张望，只见一人奔走在对街的小道上，正隔着稀疏的树丛朝这边呼喊。

"凤兮！凤兮！"他又喊道，"凤兮，凤兮，太平盛世才会出现的祥瑞之鸟啊，如今为何在此徘徊，落得如此凄凉！"片刻后，又道，"往者不可谏，来者犹可追！若要插手当今政事，怕是会有性命之忧。莫要在楚国白费力气，尽早罢手吧。"①

夫子说："去叫住他，我有话跟他说。"

他大概是想说服那人吧。

我立刻出门，夫子也行至屋外。但那人已不在，空留跑远的背影，眨眼工夫，背影也消失了。

大家听闻此事后低声议论："又是一位隐士！"

但我觉得，那人并非高洁睿智的隐士之流。

高喊"凤兮，凤兮"之人想必也是蔡国遗民，发现负函的生活方式并非自己所愿，又想到后半生都要在夷狄的管束下劳作，心生厌世之意罢了。

一两天内我们就要抵达负函新城了，那里应该有不少像他那样消极避世的蔡人。冷眼旁观，睥睨一切，否则就无法活下去的男女。还有与之相反，凡事媚楚，一味亲楚，把故土蔡国抛之脑后的男女。尽管在进入蔡国遗民聚集区前，我已做好心理准备，仍不免忐忑。

话说，三番两次遇到隐士的经历让我意识到，老师孔子的名声竟已传至这般偏远之地。即便知晓的只是极少数人，我也不禁再次感慨夫子的人格魅力。

离开新蔡的第四天，我们终于抵达负函城郊，住进了

---

① 参见《论语·微子》："凤兮凤兮，何德之衰？往者不可谏，来者犹可追。已而，已而。今之从政者殆而。"

相当气派的建筑，有食堂和集会厅，每个人都分到了单独的房间，条件和在陈都时不相上下。在负函停留期间，我们一直住在此地。

到达这个城郊住所时离日落尚有余裕，子路便前往负函的检查站报告我们一行已抵达。

子路回来时已是晚间。夫子、子贡、颜回和我正在面朝庭院的廊下聊天，看到子路从负函回来。

子路说，负函的长官叶公接见了他，叶公问他孔子是个怎么样的人，他没答上来。

子路告知的情况仅此而已。面对叶公的突然提问，可能子路一时不知该如何作答。

"我现在依旧不知道该怎么回答。"子路说。

子贡、颜回听罢，也低头不语。大家都在暗想，若换作自己会如何回答，但一时都找不到答案。

这时夫子开口了，他对子路说："子路啊，为何不答呢？你可以这样说。"夫子的表情变得柔和："其为人也，发愤忘食，乐以忘忧，不知老之将至云尔。"

他停顿片刻，接着说："我就是这样的人啊，用此话形容恰到好处，不是吗？我总是一发愤便连吃饭也顾不得，一高兴就忘了烦恼。生性乐天，不知暮年将至。"

夫子话音落下，众人寂静无声。沉默或许持续了很久，又或许只是一瞬。

直到子路呜呼一声打破了沉默，那是子路心底油然而生的感叹。紧接着，子贡、颜回也纷纷长呼，想必是感至深处，情难自禁吧。我本想附骥尾而叹，最终还是忍住了。

不知又过了多久，恍然回神时夫子已起身离开，朝住处走去。

身边的子路、子贡和颜回也渐渐回过神，喃喃道："发愤忘食，乐以忘忧，不知老之将至云尔。"

大家一遍遍吟诵着夫子的话语，我也低声加入其中。

之后，我们对每个字眼进行了讨论。有人说"发愤"之"愤"是对有违做人之道的恶行的愤怒，"乐"则是指所有安宁、明亮、愉悦，能抚慰人心的事物。如此这般，众人商榷后加以释义，赋予其准确的内涵。

子路不愧为我们之中最年长者，井井有条地引导我们讨论，归纳总结也做得极好。

我一边聆听他们的想法，一边抬头望向南国的夜空，只见繁星镶嵌，欲坠不坠，不禁心神荡漾，当今世间谈论着最卓越话题的人们，不正聚集在此处吗？

天亮了，我们迎来在负函的第一个早晨。夫子对我说："今日你自己安排。这里有不少亲人故友吧？去街上走走，定能遇见他们。"

"好的。"我答道。

其实，我的族人故友大都迁去了州来，应该没人住在负函。不过，也许有之前在王宫市场的旧交或干活时打过交道的熟人，若能阔别重逢，在这负函街头叙叙旧也好。

那天，我承蒙夫子好意在新城负函的街道上走走看看。当时留在蔡国不愿走的百姓人数不算少，能把他们悉数聚集于此，可见这片土地之广阔。且新城未设城界，必要时可向外扩建。

负函是座名副其实的新城。街道是新的，道路两旁的屋舍是新的，邻里小巷是新的，连来来往往的人也是新的——除了用"新"一词，我找不到别的方式来形容。

他们曾是蔡国人，但如今已不再是了。他们舍弃了土生土长的蔡人身份，在负函这座新城定居下来。

走在这新建的街道上，看着新的人来来往往，我总觉得这景象——无论是街道还是百姓，和蔡国或楚国都毫无关系。或许真的毫无关系。

我在这另类的街道上边走边想，比它早三年呱呱坠地的州来大概也是这副模样吧。

一个国家的灭亡是件悲伤的事。它不是瞬间覆灭的，而是逐段陷落。一个蔡国被划分成州来、负函，接着越分越小，只剩零散片隅，最后消失得无影无踪。

在蔡国国土沦丧前，已有许多国家走过相同的道路，一个个灭亡了。而在蔡国之后，中原仍会有许多国家经历同样的命运，渐渐消亡。

　　身处乱世旋涡之中，人须要有活下去的动力。这动力从何而来？想来这便是夫子日日苦思之事。

　　先聊到这儿，容我稍作休整。

五

　　方才讲到，在抵达负函城郊当天，子路代表一行人前往检查站报到，意外被长官叶公接见并被问及孔夫子的为人。

　　就在第二天，检查站传来消息，说叶公在接见子路后，收到昭王的使臣来旨，于当晚带十数骑亲卫连夜赶往前线。

　　叶公留下口信："虽归期未定，应不至久居不归，待归来再行请教，万望保重。"

　　此事不足为奇，眼下楚国正以陈国为舞台大施拳脚，欲与宿敌吴国一决胜负。叶公身为楚国要员，自然随时可能奔赴战场。和分布在陈国境内的前线部队商量战事，更是家常便饭。

　　等叶公回到负函和夫子见面，已是半个月之后的事了。在此期间，夫子多次走上负函街头，观察临街商铺和市场，和在那里干活的蔡国遗民交谈。他还特意花时间闲步于郊外的农田和民宅间。

然而，在我这个蔡国人面前，夫子半句未提对负函这座城的看法。这正是他体贴细致之处，无论是褒是贬，说起来总是难免悲伤，夫子早就看透了我这个亡国之民的内心。

尽管如此，对于这座于大平原一隅、淮水上游河畔拔地而起的新城，弟子们还是迫切想听到夫子的评价。

叶公从前线回来后，经常在府邸招待夫子。夫子从不独自登门，有时由子路、子贡、颜回三人一齐陪同，有时由其中一两人陪同。不过，夫子每次都会特地叫上我，想是因我蔡国遗民的身份给我特别关照。夫子之意我心了然，想在负函定居下来也好，想在城里找营生也行，他不会干涉我的选择。

夫子初次拜访叶公时，子路、子贡、颜回和我都陪同在他身侧。

叶公先做了自我介绍。"鄙人姓沈，名诸梁，字子高。因本职在名为'叶'的地区为官，故而被称作叶公，现兼任负函地区的长官。"

随后，他说起近来坊间流传着一则关于自己的无稽之谈，笑称要澄清一番。

"我自幼好龙，对龙的痴迷直至今日也未减半分。府中房梁雕龙，日常器皿上也多有龙饰。"说着，他让家仆取来几件刻有龙图样的器物给我们看，"于是坊间便流传，说那叶公痴迷于在各种物件上刻龙纹，整日龙不离口，引来了真龙从窗户探头想要一看究竟。结果叶公被吓得一句话也说不出来，后仰瘫倒，昏了过去。"

夫子听后忍俊不禁，我们也笑了起来。

"好了，故事就说到这儿！"叶公也笑了，"为官者，真假是非，难免会被百姓议论，要和百姓处好关系，实非易事。敢问夫子对为政之道有何见解？"

夫子闻言正了正坐姿，思忖片刻，开口道："近者悦，远者来。使近处的人高兴，使远方之人听闻后前来归顺。我认为这样的政治最好。"

我们在一旁听着，觉得夫子的话语温和真诚，是对叶公问政再好不过的谏言。

叶公听罢默然俯首，久久没有抬起，道："使近处的人高兴，远方的人来归顺。近者悦，远者来。此六言政论，实乃真知灼见，受教了。"

这六言政论应是夫子走遍负函街道后，对叶公政绩的赞誉。叶公自然也想得到这点，能得到夫子此番美誉，定感十分满足。

此后，在第四或第五次拜访叶公府邸时，夫子和叶公谈论起一个颇为有趣的问题。我不记得话题从何而起，总之，叶公说："我的辖地里有个人，他父亲偷了别人的羊占为己有，他看不下去就跑去官府举发。"

叶公的口气不像在表扬那个人，不过也听不出责备，言语中有些许对那年轻人的爱护亲近之意。

夫子说："确实是个正直的人。不过，这涉及父子血缘，就难以评价。"他思索片刻："在我的家乡，常有父亲包庇儿子、儿子包庇父亲之事。包庇罪过自然不可取，但若将其视作亲子间的真情流露，又何尝不可称之为直率呢？"

叶公似乎听懂了夫子的言下之意，解释道："像负函这种特殊的城市，若不设下完备的法令制度，怕是会出问题。"

夫子道："不管怎么说，裁决民心是件难事。不过，负函有叶公这般思虑周全的长官，是百姓之幸啊。"

叶公面露郑重之色。"不过，我还是想从根本上重新考虑目前的治理方式。看看能得到什么结论。"

子路、子贡、颜回和我都安静地听着，丝毫没有插嘴的余地。他们尊重对方的立场，同时坚持自己的想法，寸步不让，暗暗较量着。

记不清是第几次赴会时，话题不经意间触及楚国掌权者。楚昭王素有睿智之名，如今手握堪称中原霸主的实力，关于他的逸事自然不胜枚举。

适逢从楚国都城郢来了数名远客，叶公府上也有几名座上宾，府中办起热闹的宴席。

酒酣之际，来客中一人说起昭王的一段逸事。

"多年前，昭王染疾，他身边的人以占卜之法询问神灵，卜得是黄河之神发怒的缘故。于是众大夫商议决定在郊外设置祭坛，祭祀黄河之神，以期平息其怒火。昭王听闻此事后，说道：'夏、商、周三朝以来，中原诸侯奉天子之命祭祀，均为安抚领土内山川神灵之心。楚国应祭祀长江、汉水、睢水、漳水这四条江河，其余皆不在楚国祭祀的范围。纵使德行有失，也不该由境外黄河之神降罚。'祭祀之事最终未得楚王允准。"

听了这个故事，夫子评道："此举十分了得。人须得修身养性以正德行，而后顺应天道自然。楚王深知此理，故能在这乱世中不置国家于危境。"

接着，另一来客说："我也来说一件昭王的趣事。"

他说了一则尽显楚王豪爽性格的逸事。

"那是今年年初，当时昭王尚未亲征陈国城父，居住在郢都的王宫中。某日，红云笼罩，宛如群鸟绕日轮翱翔，异象持续了整整三日，任谁看都是不祥之兆。昭王也颇为在意，遣使者去问周太史。不久，使者归，转述周太史的话禀奏昭王：'近日王或将遭灾祸。可通过驱灾避祸之术将自身灾祸引至大臣身上，令其代受。'昭王听罢，环顾众臣，道：'若自身无大过，天当不至降下重罚。若确有大过，除领罚外别无他法。让肱股之臣代为受罚，岂有此理！'昭王下旨，严禁与此相关的一切祭祀和祷告。"

这则逸事同样深深打动了在场的我们。在受邀发言时，子路和子贡皆称希望早日得到拜谒楚王的机会，颜回则表示若能远远听到楚王的声音，便已心满意足。

夫子没有发言。如果他当初进入陈都是为求得一个拜谒昭王的机会，至今已过四载光阴。此刻，夫子一定感慨良多。

如今夫子已经身在昭王统治下的楚国，且客居楚国高官叶公门下。想来，被楚王召见指日可待。即便是坐在最末席的我，也真心盼望那一天早日到来。

入负函后，我们的生活在叶公庇护下渐渐安定下来。这时我们才注意到，几乎每天都能听人提起楚国的军事基地城父。

眼下谁都清楚，楚吴两国都已派遣主力军队进驻陈国，那里将随时成为一决胜负的主战场。

城父是目前楚国最大的军事据点。一旦开战，昭王将亲率主力大军在那里排兵布阵。难怪楚人三句话不离城父。

然而，尽管我们在陈国待了三年，夫子、子路、颜回和我几乎不曾听过城父之名。只有子贡知晓此地，不愧是在这方面有敏锐直觉和才能的人。他告诉我们，城父是位于陈国境内的楚军驻扎地，虽对外宣称是楚陈两国达成合意后的结果，实则不然。说白了，城父是楚国设于陈国境内的军事重镇，规模虽小，也是楚国的领地。

知道真相后，我们也就明白了楚国上下——无论是官吏、军人还是百姓，都整日把城父挂在嘴边的理由。广域战线上分布着许多军事基地，战情反复无常，失守或占领时常发生，地盘经常易主。唯独城父与其他基地不同，它是无论如何也不许失败、不容失守的圣地。楚人对它有特殊的情结，不败的信念镌骨铭心。

从陈都一路跟随我们的三个劳工中，有一人就来自城父。不过从他的年龄来看，也只是出生在那里罢了。我从这个年长的劳工口中，听说了不少有关城父这个陈国古老村落的历史。

"唉，虽说我们也从楚国那里得了些好处，但楚国绝不是能正经打交道的友邦。"老人说得毫不留情，"他们无缘无故就把一个自给自足的小国——许国给灭了，把许国百姓都塞进我们陈国。后来盯上了城父这个历史悠久的村落，不容分说地把城父周边全都清空，让许国人住进去。就这样硬是把小小许国镶进了我们陈国之中。许国遭罪，我们陈国更遭罪。

"我祖上世代在城父务农，祖父那辈遭逢这祸事，家产、祖宅都被收了去，两手空空地被赶出了家门。

"许国迁进城父是在陈国的惠公元年（公元前五三三年），距今湣公十三年（公元前四八九年）已有四十五年。被如此对待，陈国也不甘忍气吞声，但对方是楚国，又能怎么办呢？

"自那后又过了二十年，这回楚国把许国百姓赶出了城父，让楚人住进去，建起高大的城墙、堡垒，建成如今你们所见的军事重地。棋行两步，将别国国土据为己有，楚国不可谓不狡猾。那是发生在楚平王年间的事。

"从城父沦为异邦人的城镇之日算起，至今已有四十五年，在这段岁月里，城中人都不称'城父'之名，而是称之为'夷'或'夷邑'，意为自己国家中的异邦城镇。从前是住着许国男女的'夷'，如今则是遍布楚国士兵的'夷'。时至今日，大多数人依旧这样称呼，这种叫法简单易懂，用来形容那地方再贴切不过。原本的城名'城父'反而成为楚国专用，还大放异彩了。"

陈国劳工说起城父的历史，言语间不难听出他对楚国深恶痛绝。但要站到吴国阵营携手攻楚，同样不可能。他们和吴国之间也有着难以跨越的血海深仇。

"楚吴两国哪方获胜都与我无关。只盼他们早点决出胜负，好尽快从陈国撤兵。把别人的国家当成战场，争个你死我活，实在过分。"

听完他所说，楚国行径确实令人发指，恐怕再没有比这更过分的事了。我只能暗暗祈祷，希望潜公和司城贞子能在这战乱旋涡中保全性命。

八月中旬的某夜，深更时分，叶公召见。子路、子贡、颜回和我将夫子围在中间，一行人走在空寂无人的负函街道上，朝叶公府邸走去。途中不时碰上迎面而来的军队，在路旁避让花去不少时间。夜空星斗阑干，美丽动人。

到达府邸，只见叶公披盔戴甲，他告诉我们："我即将出征前线，不待天明。故而深夜劳烦大驾，实在抱歉。眼下，吴国正在陈都以南、颖水沿岸的大冥地区集结大军。大冥距我昭王布阵处城父行军仅需两天。无论我等是否情愿，两军相交，迫在眉睫。我领命固守后方。但无论后方还是前线，身为将士随时可能葬身沙场。如今出征在即，欲在临行前同诸位告别，故深夜派人通报。"

叶公继续说："负函目前虽处后方，但随时可能变成前线。真到那时，还请和检查站方面商量，及时采取行动。是去是留，悉听尊便。"

"此番情真意切，在此谢过。"夫子向叶公躬身道谢，"为拜谒昭王，我不远万里到此负函。在求得召见之前，可能还会在此叨扰一段时间。我想在面见昭王时就如何治理乱世社稷、民众如何艰难生存请教昭王高见。"

夫子接着说:"只是,如今贵国和吴交战,处于非常时期,可谓乾坤一掷。随着战事推进,我们也可能不辞而别。万望见谅。"夫子看着叶公,由衷道:"祝旗开得胜。"

说完,他深深作揖,起身离席。我们也学夫子的模样,和叶公行礼告别。

翌日,向来安静的负函城中不知为何骚动起来,拥入不少像是从他处前来避难的楚国农民,大小军队在城中往来调遣,不知从何处来,往何处去,颇有黑云压城的气氛。

时有不知来处的骑兵弓腰伏于马背奔入检查站,再从另一侧疾驰而去。

叶公出征十日后,又是一个深夜,叶公派人来请夫子,看来他已经归来。

我们一行人紧紧相依朝叶公府邸走去,与上次不同,这是一个暗淡无星的黑夜。

走进大门,只见右侧广场上燃有几堆篝火,篝火照不到的暗处好似埋伏着士兵。

以夫子为首的一行人被带至左侧广场上一处火堆旁等候。四周除了我们几人,看不到他人的身影。

片刻后,只见叶公着戎装现身,他站在广场上说:"十二日,昭王自城父基地出征。十三至十四日,在大冥地区同吴军交战,一胜一败。十六日清晨,昭王为部署下次作战,率部离开前线，返回城父基地。当晚，病殁。"

听罢，夫子和我们都说不出话来，只是沉默着深深俯首。

"昭王之后，将由惠王承位。王薨一事不能公开，遗体将由城父运往国都郢城。正运至半途，不久会经过负函。"叶公又道，"我将在这里恭迎灵柩，将其护送至国都，并将昭王薨逝之事昭告天下，举行国葬。"

说到这儿，叶公换了语气："诸位远道而来，不辞辛劳久候至今，只为拜谒昭王，如今却成泡影。想必昭王也备感遗憾。昭王灵柩即将途经此地，请目送他吧。"

叶公说完未作停留，随即离开。

不久，一个有过数面之缘的检查站官员向我们走来。"这边请。"他把我们带到距叶公府邸颇远的路边，那里已聚集有人群，都无言伫立着，应该是和我们一样来目送昭王的。

终于，约百骑骑兵从我们面前经过，步兵队列紧随其后，想来昭王的灵柩就在这队列之中，我们效仿旁人，在步兵经过时垂首恭送，同昭王做最后的告别。

殿后的是骑兵队列，应是叶公所率的骑兵营。

当晚回到住处时已是半夜。弟子们围着夫子坐在廊下，仰头就能望见夜空。

那一夜，子路、子贡、颜回，所有人都心知应当为夫子排忧，我也这么想。

如今，昭王薨逝，夫子失去了留在负函最主要的理由。然而时至今日，要舍弃楚国另寻他路吗？又该去哪儿呢？想到这些，谁也没信心在夫子面前开口。

事后我才得知，原来在这个非同寻常的夜晚，大家都想探知夫子内心的想法，因此不约而同聚到廊下。这或许是最妥当的解释。

当晚，夫子来到廊下，落座后开口道："现在我心中有一个想法。刚才，在送走昭王灵柩回来的路上，这个想法在我的胸中萌生、膨胀，快要满溢了。我把它告诉你们。"

说着，夫子抬起头，注视着漆黑的夜空，好似在整理思绪。沉吟许久，他开了口："归与，归与。吾党之小子狂简，斐然成章，不知所以裁之。"

他吟诵了两遍，接着又用平日里的口吻讲了一遍："回去吧，是时候回去了。我家乡的弟子们，留在鲁国的年轻人们，他们心怀梦想，志存高远，能编织图案美妙的锦缎，却不知该如何裁制。"夫子说："他们需要我。回去吧，是该回去了。我要去引导他们前进的方向。"

夫子说话时，弟子们一言不发，沉默地听着。我们全然不知该说什么，只能闭口不言。

接着，夫子对子贡说："尽快离开负函，往陈都方向走。

若能平安进入陈都，去拜访几位恩公故识。离开陈国后我们就直奔卫国，抵达卫都时或许已是岁末了，尽量争取别太迟。总之，快去做离开负函的准备。"

此时，子路、子贡、颜回都沉默着，这突如其来的变故让他们一时来不及反应。

等众人回过神，夫子已经离开，应当是回屋去了。察觉夫子已离席，子路最先打破沉默。"回吧，回吧。"他如呐喊一般高声说，"啊，论蓬勃的心性，谁也比不过夫子。"

接着，子贡道："回吧，回吧。这份睿智、果断，谁也比不过夫子。"

"回吧，回吧。"颜回也道，"啊，夫子如此坦率！今夜，夫子走在死寂的负函城中，想起弟子们，决定回鲁国去了。"话语中一如既往带着独到的见解。

那时，我没有参与发言。若要我说，子路、子贡、颜回三人最想说但没能说出口的话，今夜，夫子替他们说了出来。

归与，归与——夫子无疑是体谅他们，为了他们才这么说的。诚然，昭王的薨逝或许对夫子下此决心起到了某些作用，但究竟如何谁也不清楚。

夫子浪迹中原前，本欲拜见晋国掌权者，却在抵达黄河渡口之际惊闻晋国政变，不得以放弃渡河。那时，夫子曾叹："美哉水，洋洋乎！丘之不济此，命也夫！"

我从子贡处听闻此事，深受感动。如今，夫子花费三年只求一个拜见昭王的机会，却事与愿违，或许这就是所谓的"命"。

想来，夫子口中的"归与，归与"，可能也包含着这般感慨。

十月中旬，叶公办完昭王的葬礼，从楚都回到负函。

那天，夫子带着弟子们拜访叶公府邸，向叶公辞别，奔赴陈都。

一行人踏着来时的路回到新蔡，但并未继续从新蔡沿汝水而行，而是转向东方的高原地带，一路北上。那片地区没什么像样的道路，村落间小径纵横，途中不免绕些远路。跟随我们的三个劳工中，有一人对这一带地形很熟悉，便由他领路了。

一路北上，所经之地竟全然未受吴楚战乱的影响，一派悠闲的农村风光，简直不像是楚国的土地。

夫子走进不同的村子了解风土人情，采集当地的歌谣、民谣和民间传说，兴之所至，有时颇有住上两三天之意。

每到这时，子路便会独自起舞，喃喃着："归与，归与。"

在其中一个村子里，子路曾遇见一名年迈的隐士。当时，子路因办事和我们差了半日行程，便在那隐士家中借宿。隐士招待了他，还介绍自己的两个儿子给他认识。后来听子路说起那位隐士的谈吐，我们都觉得子路所遇之人才像是真正的隐士。

那位老隐士指责我们"四体不勤，五谷不分"，我们也经常用这句话自省。的确，我们既不劳作，也不耕种粮食，老隐士言之有理。

一行人抵达陈都郊外时已是十月末，城中王侯政要都已搬离，国都已然不成体系。

子路见夫子十分关心陈都现状，欲入城探查，便又唱起"归与，归与"，打消了夫子的念头。

事后我们听说，那日城里发生了几场械斗，短兵相接，若当时我们进入陈都，或许就会卷入内斗中。

"归与，归与。"

被这句话的韵律指引着，我们一同离开陈都，朝卫都走去。

不曾料想，黄河以南大平原上的那些村落竟一片荒芜，惨不忍睹。

数个无人的村落映入眼帘，村民并非暂时避难去往他处，而是全村人弃村逃亡了。一定有什么让他们无法居住下去的理由，但村中寥无人烟，我们也无从打听。

十二月初，大概再行三四天就能抵达卫都。夫子投宿于黄河河畔一个小村落里，等候行程略迟于我们的子贡赶来。等待的那几日，夫子在当地长老的引领下参观了晋楚会战的遗址。

"归与，归与。"

子路想入卫都之心迫切，无奈夫子以等待子贡为由并不急着赶路，他似是被那古战场遗址深深吸引了。

我们也曾跟随夫子去过一次，站在黄河河畔的古战场上，尽管河堤挡住了河川，仍可以想见堤岸另一头浩浩汤汤的黄河汪洋。

在黄河河畔村落里逗留数日后，夫子、子路、子贡、颜回师徒四人终于启程，时隔三四年之久，朝着卫都走去。只有我此前未曾到过卫都，可如今我意已决，只要是夫子欲往之处，我都将追随到底。

入卫都的前一日，我们在黄河河畔的田野中走完最后一段旅程。那时，我的脑海中闪过过去一年的种种。鲁哀公六年，真是漫长的一年。

故事先讲到这里。关于我和孔子师徒的渊源，表述间不免有差池，诸君若有不解之处，我以后另寻机会补充。

最后，我想以一则旧闻为今日所讲的漫长往事做一个总结。

夫子游历中原四载，返回时途经黄河河畔心生触动。而那旧闻的发生地正是黄河河畔的古战场。

四十余年光阴弹指一挥间，犹记得当时夫子立于河畔的模样。我近来偶然结识了一位研究楚国历史的人士，才了解到当年楚晋两国在黄河河畔的决战情形，像这般两国倾举国之力的会战，仅此一次。

　　夫子当年于河畔伫立之处，正是百年前，即鲁宣公十二年（公元前五九七年），楚庄王大破晋军的古战场。据说那时，晋国败军连夜撤退，黄河水都被染成了红色。

　　打了胜仗的那一夜，楚军阵中一名将军向庄王进言："此刻正是建营寨、垒晋军尸首、将功绩流传后世的好时机。"

　　对此，庄王回道："'武'者，'止戈'也。身为武将，即便敛敌军尸首堆砌成山，也算不上参透半点'武'心。"

　　翌日，庄王祭河神，以息血染黄河之罪。随后离开战场，返回楚国。

　　如今想来，夫子定是知晓庄王这段旧闻的。他或许也曾想过在那古战场上向我们讲述这个故事。但他终究没有说，大概是想让我们自己去调查、思考吧。

第二章

一

感谢诸君远道而来，比起上次集会，似乎添了不少新面孔。如诸君所见，我在这深山陋舍过着隐士一般的生活，没有什么能招待大家的，还望谅解。

我讲的都是些陈年旧事，不知能否满足诸位期待。夫子离世已有三十三年，我其实算不上他的弟子，只是个侍奉过他的人，想来有很多问题无法为各位解惑，请多海涵。

上次诸君来时还是初夏时分，不知不觉已入秋了。这个平平无奇的深山老村正迎来一年中最好的季节。不远处的溪谷上，无名鸟儿正群飞东徙。

我入山已有三十余年，最初的四五年间，每逢秋至，总能看到成群的候鸟迁徙。可不知从何时起，一连好几年都看不到那幅景象。今日重见候鸟群飞，真是久违了。

秋天的日头短。接下来就请诸君像上次那样自由提问，由我来回答。

进入正题之前，请允许我用一点时间，跟诸位讲讲我新得知的有关故国蔡的消息。我曾同诸君提及蔡国的苦难历史：将国都远迁州来后国家名存实亡，以及楚国为收容蔡国遗民而建的新城负函。所以，最近得知蔡国迁都州来后的情况后，想着也应该告诉诸君一声。

说是最近，其实是上回和诸君对谈后十天左右的事情。以宋国商人为首的商旅一行二十余人途经此地，我从他们那里得知了故国蔡的境遇。

"你是哪国人？"那一行人问我。

"蔡国。"我答。

"已经没有蔡国了。去年被楚国灭了，片甲不留。"

他们这样告诉我。商旅一行人中，有一人身在州来亲历了蔡国的覆灭。不知他是哪国人，只听他话中带着蔡国口音，告诉我说他们家从父辈起就居于州来。

"迁都州来后，蔡国的苦难和不幸并没有结束。尽管如此，唉，仍坚持了四十余年，算是保全了一个国家的体面。国都迁至州来后不久，昭侯便被一名大夫射杀。之后，成侯、声侯、元侯相继承位，皆身体孱弱，短命而亡。最后一任君主是元侯之子齐，即位后四年，楚惠王攻城，公子齐弃城出逃，下落不明。至此蔡国的宗庙香火断绝，国家灭亡，百姓和土地都归了楚国。那是去年之事。"

我听完他的讲述，心中并无多大波澜。在我二十四岁那年，蔡国为求庇护，付出巨大代价，将国都迁至当时豪强吴国的势力范围州来，却终究是徒劳，在四十多年后的去年（公元前四四七年）秋天，蔡国被宿敌楚国所灭，如今已什么也不剩了。

我从未去过位于州来的蔡国，所以即便听说亡国了，也没有真切的感受。只是我的大部分亲族住在州来，不知他们是否安好。

啊，原来诸君都知晓蔡亡国一事！这、这可真是！人活到连故国灭亡也不知情的地步，简直可悲。

总之，事情就是这样。如今蔡国已不复存在，诸位面前的我曾生在蔡国，现在是名副其实的亡国之民了。

国家相继走向灭亡。在夫子流亡与游说之旅后期，寓居卫国之时，曹国被邻国宋所灭。夫子逝世后第二年，我们一行人曾住过近四年的陈国被楚国吞并。相较而言，与陈国相邻的蔡国还算是长命。

蔡国迁都州来，原是想得到强国吴的庇护，怎料保命靠山吴国竟在和越国一战中大败，顷刻间灰飞烟灭。

在赖以生存的吴国灭亡后，蔡国竟在这乱世中独自延续了二十余年，也算是奇迹。

不管怎么说，唉，我的故国蔡自建国以来，在漫长历史中不知被宿敌楚国侵略过多少次，直至最后被连根拔起。

国家相继走向灭亡。夫子曾想从亡国的不幸中拯救曹、陈、蔡的百姓……然而，在这乱世中，终究力不从心。

其实，无论国家灭亡与否，不幸之事、不幸之人早已遍布这片土地。回想夫子的中原之行，他定是抱着拼死拯救众生于不幸的决心，哪怕只救得起一人。

然而，要拯救这片满溢着不幸的土地，要拯救不幸的人们绝非易事。到头来，只能借助手握强权之人的力量，无论是敌是友。子路、子贡、颜回他们认为，夫子在踏上中原之行前，心中定已抱有此念。

先前稍有提及，夫子曾两次到访卫都，都住了三四年。第一次到卫都时，夫子想要拜见晋国掌权者，不料行至黄河渡口，忽闻晋国政变，不得以中止晋国之行。但夫子在之后的陈蔡之行中，欲游说掌权者的想法并未改变。

最终，为了拜谒楚昭王，夫子在陈国淹留近四年，后来更是不远万里前往负函。遗憾天不遂人愿，昭王之死让这一切努力化作泡影。我遇见夫子也正在那时，感佩其所作所为，坚定了从此不离开夫子，愿一生随侍左右的想法。

好了，关于我的故国蔡之事就讲到这里，下面的时间交给诸君提问。

感谢诸君的踊跃提问。今日选取四位的四个问题回答：孔子有何人格魅力？何为天？可曾听过夫子对"天命"的阐述？我的姓名为何？这些问题中，前三个都和先师孔子有关，我得想想从哪一问说起。最后一个是问我的姓名，理应告知，就先回答这个问题吧。

"蔫姜"是我的俗称，意为陈姜、干枯的生姜，算不得什么雅名。

不过，这个称呼叫起来顺口，我也没感到什么不便。当然，双亲也给我起过名，只是自年轻时随夫子浪迹中原后，不知何时起大家都叫我蔫姜了。起初也烦恼过，但听着听着就习惯了，不再反感，反倒忘了双亲给取的名字。可能我生来就注定是亡国之民吧。

陈蔡之行后，在卫都的四年间，我一直在夫子身边侍奉，后又随他一同回到故乡鲁都生活。无论走到何处，我都被称作蔫姜，入此深山生活后，村里人也都亲切地唤我蔫姜。

此名由谁所取？我比任何人都想知道。是呀，谁为我取了这个名字呢？

之前说过，在从新蔡前往负函途中，我们一行人于淮水支流的岸边遇到两名干农活的冒充隐士的人。不知什么时候，他们也被起了名字。一人唤作"桀溺"，一人唤作"长沮"。桀溺意为受桀刑的溺水者，长沮则是高大的泥人，真是辛辣又形象。

之后，还是在那次旅途中，我们在淮水干流旁的一个村落里过夜。那日，有个男子在夫子住所前讥嘲"凤兮，凤兮，何德之衰"。我们叫他"接舆"，即轿夫。因他跑到夫子的车辇近前，由此得名，这名字实在取得妙不可言。

问题是，这些名字都是谁想出来的呢？每当碰到此类事件不久后，大家就自然而然用起这些名字，也不曾究其根源。不用说，为长沮、桀溺、接舆取名者，应当就是为我取名蔫姜之人。

桀溺、长沮、接舆，这些名字竟也出现在诸君近来收集的卷宗之中？真是令人咋舌。

究竟是谁取的名，我也想知道。子路、子贡、颜回，都很有可能，夫子也不能排除。感觉这种事像是出自夫子的手笔。

这位小友说还有一人。谁？我吗？实在惶恐。这么说来，我为自己取绰号蔫姜也并非不可能喽。事态正朝意想不到的方向发展。

好了，这个问题暂且说到这里如何？就让担起新时代孔子研究任务的诸君去解答吧。

剩下的三个问题中，关于天命的两问暂且不谈。现在，我想平心而论，如实谈谈先师孔子的人格魅力。此前我从未论及这个话题，不知能否表述清楚，心中不免忐忑。

先前在座的某位提过，在诸君收集的孔子语录中，有"从我于陈蔡者，皆不及门也"一言。夫子感叹，随他一同经历陈蔡之困的弟子们都与仕途无缘。如今回想，那场陈蔡荒野间的苦旅，恍然间已是四十三四年前的旧事。那年，夫子六十三岁，我二十八岁。子路时年五十四岁，子贡三十二岁，颜回三十三岁。

那时我们都还年轻。但如今想起那久远之事，不由觉得，当时最年轻的难道不是夫子吗？

正因为有最年轻、最有活力的夫子为主心骨，我们才在他的感召下共同在陈都生活了近四年。后来战云密布，他带我们离开陈都，将流动讲席迁至陈蔡荒野间。流动讲席，或许这是最恰当的说法。

当晚年的夫子目送一批又一批弟子走出鲁都讲学馆之时，仁爱如他，一定想起了早逝的子路、颜回他们吧。他们跟着自己奔走吃苦，却没能出人头地，定让夫子感到万分悲痛。这正是夫子那无人可及的慈悲心怀。

当年淹留陈国，子路、子贡、颜回和我四人得以与夫子朝夕共处；陈蔡、负函的旅途中，我们独得夫子讲学。

如今回想，没有比这更奢侈的流动讲席了。

——朝闻道，夕死可矣。

这句话并非夫子的信口之言。若早晨听闻诞生了以道德治世的理想社会，就算当天日暮时分死去也没有遗憾。弟子们深信这是夫子的肺腑之言，也与夫子一同抱持此信念，若当真诞生了如此国度，何时死去都无妨。

如今想来，不由感叹那师徒一行人真是特立独行啊。然而，当时却从未这样觉得，因为夫子的所作所为丝毫不会让身边人感到不适。

一个人如果不是身心都保持着年轻和活力，就不可能做到这一点。夫子当时已六十三岁，但仍对善恶、乐哀保持着共情和敏感，我们在夫子身边也耳濡目染受到影响。

之前说过，夫子曾这样评价自己："其为人也，发愤忘食，乐以忘忧，不知老之将至云尔。"他说这话时，是在我们历经艰辛，长途跋涉后终于抵达负函的第一个晚上。那个繁星满天的异国之夜，因有了夫子的这番绝妙之言，成为我终生难忘的回忆。

许多人问我：夫子究竟有怎样的魅力，他最出众的品质是什么？蔫姜每次作答都如临断崖，不知该如何措辞。深知无论自己怎样讲述，都无法获得所有人的认可。

今日，在座诸君对先师孔子的了解远胜于我，因此我才能畅所欲言，袒露自己的想法。如有不正之处，还望各位补充指正。

那么，继续谈谈先师孔子。夫子感召我等的魅力在于他对人的感情，对正道的热情，以及想要拯救不幸者于万一的坚定信念。

愿有朝一日能够建起一个社会，使得生于其中的人们皆能由衷感叹生而为人是件幸事。而培育肯为此人间愿景而不懈努力的人才，正是孔子师徒无论身处何地都高扬的旗帜。

离开鲁都十四载，周游列国，四处讲授仁礼道义，此番浪迹堪称无与伦比。细想，世间竟有这般慷慨授道的孔门师徒和意义非凡的流动讲席。

无论是哪国的执政者、掌权者，仅是坐到夫子面前，便会察觉自己的不足，自愧弗如。夫子如此气派堂堂！当然，这是夫子卓绝的学识和为人所铸就的。

难忘颜回对夫子的赞颂，那是极具颜回风格的"礼赞诗"，大概也只有颜回能说出如此意切辞尽之语。在此容蔫姜代为口述。

仰之弥高，钻之弥坚。瞻之在前，忽焉在后。夫子循循然善诱人，博我以文，约我以礼，欲罢不能。既竭吾才，如有所立卓尔。虽欲从之，末由也已。

（夫子之姿愈仰望愈觉高远，奋力钻研夫子之学识，却愈发觉得坚实，只叹徒劳无功。好似就在眼前，不觉间又绕至身后。蒙夫子不弃，循循善诱，授以典籍、史书，丰富我的学识；又以礼约束，巩固我的素养，督促我学无止境，不可懈怠。纵我竭尽所学，夫子于我依旧高不可攀。高山景行，欲近其身，却无路可行。）

字里行间尽显颜回对夫子的虔敬之情。而在我们结束中原之行回到鲁国的第三年，颜回就离世了，年仅四十一岁。这位世间少有的至诚英才，年纪轻轻就在贫寒中与世长辞。

夫子悲叹："噫！天丧予！天丧予！"此言广为人知。言辞激烈，将夫子失去爱徒时痛心疾首之情表露无遗。从中得以一窥夫子失措的举止和紊乱的心绪，愿将"天丧予"之言铭刻于心。

在此提及此事，是因为我在鲁都遇见的一名研究孔子的年轻人。他曾激动地反驳，称此言绝非孔子所说，认为即便是对自己心爱的弟子，孔子也不至于说出"天丧予"这般激烈的言语。

的确，夫子此言如此决绝激昂，一时很难让人坦然接受。想必在座诸君之中，也有人同那名青年持一样的想法。

但我蔫姜觉得，在这凌乱而激烈的表达中，暗藏着夫子的真心。

对于其他人的死，无论是子路还是其他爱徒，夫子都绝不会说出"天丧予"这样的话。这是夫子对颜回一人的悼词，或许是因为在夫子心中，再没有其他言语能承载这份悲痛。

关于此问，之后还想听听诸君的想法。在谈天和天命时还会论及，届时还请整理夫子语录的诸君不吝赐教。

同诸君说起这些时，我总忍不住想，夫子晚年回到鲁都后的五载光阴，或许是他一生中最孤寂的时光。

鲁哀公十一年（公元前四八四年），夫子离开卫国，时隔十三四年重返鲁都。那年夫子六十八岁。

开始久违的鲁都生活后，夫子一心投入讲学中。就在日子渐渐安定下来之际，夫子寄以厚望的儿子鲤（伯鱼）离世。次年，颜回病逝。又一年，子路战死。夫子人生中的大悲之事相继发生，就像要终结这悲哀一般，夫子将自己的死置于子路死后的第二年。

无须赘述，夫子实现大业，是在结束十三四年的流亡与游说生涯，回到鲁都开设学堂讲学之际。可以说，所有肩负时代重担的杰出官吏和学者都出自夫子的学堂。

然而，退一步换个角度看，夫子永垂不朽的伟业正是在他一生中最为悲痛孤寂的时期建立的，是他的事业支撑着他。换言之，支撑着夫子的，是那段时日里儿子伯鱼、爱徒颜回和子路的死。

关于夫子在鲁国的事业，以及他那充斥着悲伤的晚年，我们另寻时机再议。说起夫子晚年的悲痛，就不得不提天命，届时我会将两者放在一起谈论。

现在，我想谈谈子路之死，以及夫子和子路的关系。对颜回的死，夫子哀叹："噫！天丧予！"那么在失去爱徒子路时，夫子一定也说过些什么。

是的，夫子预见了子路之死。这空前的预言正体现了夫子对这位追随自己最久的弟子的深厚感情，全然不输"天丧予"。

颜回离世前后那段时间，子路身在卫国，任卫大夫孔悝领地内一个小邑的邑宰，类似村长之职。此职正合子路爽朗的性子，悠闲度日，岂不美哉。

不承想，领主孔悝被卷入卫国内乱，潜回国的出逃太子蒯聩夺占城邑，囚孔悝于城中。子路听闻此事，立即赶往城中相救。周围人有意劝阻，均无济于事。

"有道是：食其食者，不避其难。我子路食孔悝之禄，如今孔悝遇险，岂有坐视不救之理？"

于是，子路强闯城门，同占城者据理力争，被拔刀袭来的士兵砍倒在地。就在那时，面对杀气腾腾的士兵，子路呵停道："且慢！君子死而冠不免。"

说罢，重新系好冠缨，被一拥而上的士兵砍杀。子路可谓死得轰轰烈烈。

在子路的死讯尚未传达之时，有人来报"卫国发生内乱"。听到消息，夫子十分担忧两名弟子的安危。一人是子路，另一人是同在孔悝门下任职的子羔。据说，那时夫子说道："柴（子羔）也其来，由（子路）也死矣。"

正如夫子预言的那般。子羔没去闯城，平安归来，而子路一去不返。

当时夫子的话想来令人心惊。只有真正了解子路的人才能下如此判断。时至今日，我在此讲起此事，仍能感受到夫子说出口时的那份悲恸。

为正冠而失掉性命的子路倘若泉下有知，听到夫子的话，想必备感喜悦。子路一生侍奉夫子，换得夫子对自己这样透彻的了解，也能瞑目了。

在侍奉夫子的漫长岁月里，现在回想起来，印象最深刻的事是什么？

方才，有位小友提了此问。这也是个很难回答的问题。

颜回不在了，子路不在了，如今，夫子也不在了。于我而言，最悲痛之事莫过于那三年间相继发生的悲剧。那是难熬的三年。

夫子的葬礼结束后，我不由长叹："啊，如今只剩我一人了！"万千感触尽在此一言。

从今往后，我就一心一意守在夫子墓旁服丧吧。怀着这唯一的念想，我从鲁都的街巷向城郊田野走去。

回过神来时日头已然西斜，余晖染红了原野。我漫无目的地走着，走进村落，走出村落，又来到原野上。没有方向，踽踽独行。

待天色渐暗，我惊觉自己正坐在一条大河边的土堤上，四周已是茫茫一片。

——逝者如斯夫，不舍昼夜！

我未曾亲耳听夫子说过这句话，但时常听子路、子贡和颜回提起。弟子们将其牢记于心，这句话必有牵动人心的力量。

虽然不清楚夫子发出此番兴叹是在陈蔡逃亡途中，抑或是寓居卫国之时。但我想，那一定是夫子在某处川流不息的大河边驻足时，翻涌于心的感慨，此言尽显夫子风范。

夫子在陈蔡之行中，曾立于黄河、颖水、汝水、淮水等世人皆知的几条大川岸边。"逝者如斯夫"或许就是他在其中某条大河的河堤上有感而发之语。

夫子葬礼当天，我恍若梦游一般，放任脚步向前，等回过神来，已坐在一处土堤上，眼前河流虽称不上大河，也宽广浩荡，向着远方不懈奔流。后来才得知，那是流经鲁都北郊的泗水上游，四周视野开阔。

——逝者如斯夫，不舍昼夜！

我放眼奔流的河川，任由思绪飘散，忽地想起夫子的感叹。那时候，我决定凭心所愿，洁身自好，靠自己的劳动活下去。

我在短短几年间失去了如父如兄的师友。永别颜回、子路，然后是恩师孔子。

我幼年失怙丧母，蔡国迁都州来后，又经历了和亲人的分别。虽自小习惯别离，但在鲁都这接二连三的死别实在让我心神俱碎。而就在那天，在想起"逝者如斯夫"的那一刻，夫子的话激励了我，让我再次鼓起勇气，决心一步一步脚踏实地地活下去。

有关"逝者如斯夫"一言，颜回、子路、子贡还有那些在卫都结识的孔门弟子都有各自的理解。不过，这句话中流淌着夫子对人生的咏叹，这一点大家都认同。

而我在那一天，对这句话有了全新的感悟。一言蔽之，就是生命力。

关于此点，我也很想听听诸君的想法。在此之前，请容我先浅述自己的理解。

河川奔流和人世变迁大抵相似，都在时刻变化着，从不停歇。奔涌、奔涌着，在漫长的奔涌中，发生各种各样的事情。而这些终将随波而逝，汇入大海。

人世变迁亦是如此。父辈与子孙世代相传，就如同川流一般。时有战乱，时有自然灾害。但人世流转恰似河水奔流，支流汇成汪洋，最后奔入大海。

那日，我坐在河边的土堤上，思索夫子话中深意，终于茅塞顿开，重拾希望。比起先前听过的所有解释，那一刻我更积极、更深切地领悟到夫子的临川所感。

啊，若是颜回、子路还在，该有多好。若是夫子还在，该有多好。

就像河川一刻不停地向海奔流，人世的历史长河也朝着最终的理想——一个大同社会的出现而奔涌着。

关于这个话题，我想改日再谈。以上是我极为主观的一些见解，想必诸君有很多不同意见，还望多多指教。

好了，先说到这儿吧。请容我准备一下之后要讲的天和天命的问题。

诸君可有听到鸟群振翅的羽音？不知是不是候鸟。在这里生活久了，便会对鸟儿扇动翅膀的声音、虫儿的鸣叫声一类大自然中的声响变得敏感起来。

二

诸位久等了。

适才休息前我们正讲到夫子的"逝者如斯夫，不舍昼夜"，或许有词不达意之处，在此请允许我对夫子这句话略作补充。若有重复，还请谅解。

"逝者如斯夫"这句话中蕴藏着夫子怎样的哲思呢？

夫子说："去各自思考吧。"

夫子把这样一个庞大的课题呈于众弟子面前，或许他打算找个时机阐述，不承想颜回、子路先自己离世，而自己也紧随其后，与世长辞。

在夫子浩瀚的语录中，未有其他语录像这句那般，让人忍不住想去揣测夫子的内心世界。也许正因为谁都可以自由理解，阐述己见，才会引发热烈的讨论。

难怪每当提起"逝者如斯夫"这一话题时，子路他们好似自觉无法参透，说不出其中玄妙，便很少发言了。

夫子的葬礼结束后，我去看了看夜色下的庐舍，那是我此后三年为夫子守丧的住处。随后，像梦游一般，我离开庐舍向外走去。

方才说过，我走出鲁都来到郊外，漫无目的地在田野上游走，穿过村落，在日暮时分来到横贯原野的河流沿岸。这些是我事后才想起来的。

那日走出鲁都后，我就恍了神，隐约记得自己曾立于夕阳染红的原野之上，其余则全然没有印象。回过神来时，发现自己正坐在大河河畔的长堤上，周围暮色茫茫。

放眼望向滚滚河水的尽头，脑海里不由浮现夫子说过的"逝者如斯夫",之后很长一段时间,我坐在那里神思恍惚,任思绪放空。

——逝者如斯夫,不舍昼夜!

渐渐地,我仿佛沉浸到夫子当时的心境中去了。过往流逝的种种,都如这河流一般,昼夜不歇向前流淌。人的一辈子是如此,一个时代是如此,人所创造的历史也是如此,不断地奔涌、奔涌,没有尽头。

沧海桑田,伴随着难言的寂寥,但奔流不息的河川终将汇入大海。人类历史这条长河,也终会导向人们自洪荒创世起就梦寐以求的平静安宁的社会。这一切总有一天会紧紧相连,注定会相连。

当夫子说出"逝者如斯夫"时,想必心中所盼也是如此。我体味着夫子的心境,徜徉其中,忘却了时间流逝。

好,我要用自己的方式,沿着夫子的道路继续走下去。

我暗暗下定决心。在夫子走过的路上,子路、颜回走过的路上,还有子贡正在走的路上,我也要用自己的脚步继续前行。

我抱着这样的想法,从河堤上站起身。夜幕低垂,笼罩了整片平原。

我成不了先师期望的济世之才。和子路、子贡、颜回那些天赋不凡的优秀弟子不同,我没什么过人之处。人如其名,不过是一块蔫姜,干瘪的生姜而已。但在夫子"如此就好，如此就好"这般温和的袒护下，我得以过着遵从本心的生活。在深山里耕种寸亩农田，洁身自好地活着。遇见不幸之人，尽绵薄之力给予关怀；碰上食不果腹的难民，就帮他一起想办法。

自那晚起，我将在夫子墓旁守丧三年。我深知，在丧期结束后，我将无亲无故，成为天涯孤客，但就在那一天、那一刻，我决定了今后在这乱世中活下去的方式。

夫子离世后，"逝者如斯夫"一时间被视作夫子最具代表性的人生观或信条，众多孔门弟子也持此观点。说得夸张一点，他们将其奉为划时代的观点。以外部视角旁观，不可谓不对。大约是在三年守丧期后的第二年至第三年，夫子的"逝者如斯夫"不知为何备受瞩目，引起不少关注。

在询问不同人的想法后，得到最普遍的回答是：夫子这句话中蕴含着他对自己年事已高，却碌碌一生的悲叹。

想来，人们透过这句言语，得以直接触及夫子身为一介"凡人"的情感，因而对此展现出莫大的热忱。

这句话中藏着孔子的寂寞！藏着孔子的悲苦！

在讲述这些的同时，夫子那困惑的神情已然浮现在我眼前。

不过，也不能否定这样的看法。毕竟，夫子在"逝者如斯夫"中留下了可容纳各色看法的空间。

虽不知夫子是否有意留白，但站在不同的角度看，确实可以将"逝者如斯夫"理解为对人生的咏叹，或理解成严格的训导。当然，也能把它看作描绘壮丽江河川流不息的长幅画卷。

数年前，即夫子离世二十七八年后，我结识了一群人，他们将"逝者如斯夫"视作人生警言，不接受除此以外的任何阐释。

他们认为人生苦短，弹指一挥间便已结束，如同流水东逝。所以，要穷尽短暂的光阴来学习、劳作、发愤、修身养性，不可有片刻松懈。

"逝者如斯夫"确实包罗万象，如大海般广阔、包容。可以看作夫子对自己人生的感慨、悲叹，或是在歌咏生而为人的寂寥。又或许，它是一则严格的人生警言。无论怎么理解都无妨，夫子皆会默许。

一番东拉西扯，我个人对"逝者如斯夫"的见解就先讲到这里。

此时此刻说起这个话题，不由想起夫子还在世时，子路、子贡、颜回常常聚在一起，探讨"逝者如斯夫"的深意，令人怀念。

那时，我总在一边旁听，为话语中的魅力所折服，自己也能体悟一二。对于句中那条河究竟是众多江河中的哪一条，我也颇为在意。我本该去询问子贡或颜回那条河的名字，如今留下这个遗憾，是我蔫姜疏忽所致。

如今，已无法知晓当时引发夫子感慨的是中原哪条大河。有人觉得一定是黄河，的确有可能，但也可能不是。出于个人情感，我更希望是故国蔡的第一大河——汝水，但也心知不是。在陈蔡苦旅之后，夫子曾沿汝水行了数日。走在国破后空寂无人的村落间，比起慨叹"逝者如斯"，夫子大概更有感于那萦绕身侧的寂寥悲怆。

许久未曾谈起夫子的"逝者如斯夫"了，今日有幸再次放声吟咏，似有某种浩瀚无垠又明朗透彻的情感涌向心头。那是夫子宽阔而明亮的内心吧。始终对人坚信不疑，对人所创造的历史坚信不疑。夫子拥有着无比光辉的心胸和人格。

若要说其中包含夫子对自己年事已高的悲叹，夫子听闻后或许会苦笑说"可能的确如此"，对此种看法不置可否。

距离夫子的葬礼已过去三十三或三十四年的漫长光阴。在深山中生活，我时常伫立于绵延流长的大河岸边，想起夫子的"逝者如斯夫"。

如今，看到夫子的思想，子路、子贡、颜回以及其他众多孔门弟子的思想能够于在座的诸位青年才俊身上继承发扬，如同河水川流不息，渐渐汇成江洋，朝着大海奔流而去，备感振奋和欣慰。

如此想来，今日真是值得庆贺。诸君在鲁都传扬夫子的思想、收集夫子的语录，甚至来到这深山里追寻那些语录间字词的深意。

诸君不辞辛劳来此深山寒舍，奈何在下不才，未能尽绵薄之力，但承蒙诸君光临，我得以度过难得充实而尽兴的一天。最近才得知，子贡十年前在齐国逝世了，若他仍健在，应有七旬过半了吧。当年在陈蔡荒野间经历绝粮之困的人如今都已远去，只留我一人马齿徒增，独活在这深山之中，实在惭愧。

接下来，我们来谈谈天命吧，方才有数位都提了这个问题。何为天，何为天命，这是旷世难题。

"逝者如斯夫"于我已是难题，至于该如何阐述天、天命，更是毫无头绪。

对了，提问中有一问较为具体：可曾听过夫子对"天命"的阐述？我就从这个问题切入有关天命的讨论吧。

晚年的夫子在鲁都学馆中面对众多弟子，说自己"五十而知天命"。但他并未对"天命"一词加以解释，只留给弟子们各自思考。除此之外，我并未在其他谈话场合从夫子口中听到"天命"一词。意欲向夫子求教何为天命，可惜没有机会了。

之前说到，在夫子踏上陈蔡流亡之路的前一年，彼时他身处卫国，曾想探访北方强国晋。此行必是经深思熟虑决定的，由子路、子贡、颜回随夫子前往黄河渡口。

　　谁料，恰在他们赶到黄河渡口时，晋国突发政变的消息传来，两名贤大夫被杀。夫子只好中止晋国之行，长叹："美哉水，洋洋乎！丘之不济此，命也夫！"子贡当时正伴在夫子身边，我常听他提起此事。

　　当时，每每听到黄河之名，我就会想起夫子的"丘之不济此，命也夫"。

　　命也夫！这正是为夫子量身而设的词，其他人又有谁能如此轻易地说出口呢？夫子欲渡黄河，不辞辛劳来到渡口，终未能渡，是天命使然啊。

　　自那之后，我只听夫子又叹过一次"命也夫"，那时我正巧在他身边。

　　那便是我们身在负函，于路旁迎送昭王灵柩的那一夜。

　　如今回想，对夫子而言，那个煎熬的夜晚应是此生不复有的特例。我如今早已明白，夫子在陈都滞留近四年，又不远千里前往负函，就是为了以最顺理成章的方式拜谒楚昭王，仅此而已。

　　然而，跋山涉水来到的楚地负函，在夫子看来，应是异国中的异国。在那个异国的深夜，因楚王毫无征兆的薨逝，夫子多年的筹谋考量被击得粉碎。

黄河渡口和负函之夜，是夫子游说与逃亡旅途中仅有的两次面对天命无能为力的时刻。

　　为实现上天赋予的使命，夫子决意奉献自己的人生，却在一步一步脚踏实地前行的路上不止一次长叹"命也夫"。这就是天命，如此难以捉摸。

　　若问我现在走出深山最想去的地方，我会选多年前曾随夫子步入的负函城，想再次站在那片土地上。说起那里，不免心下怅然。

　　踏访负函，是在鲁哀公六年（公元前四八九年）。那时我们刚经历毕生难忘的陈蔡之困。如今回首，已是四十三载飞逝。

　　不知负函现在是何模样，或许它早已不叫此名，和周边的村落合并，生活在其中的百姓——蔡人、楚人都已没有区别。

　　这没什么值得惊讶的。无论有名或无名，几十、几百个弱小的中原城邑国家都在不断消亡。就算世间再无负函也不足为奇。

　　但我还是想再去看一看。去到淮水以北辽阔的大平原上，在那独特的、浓稠夜色笼罩下的村落间走一走。四十三年前的夏天，我们也曾走过漆黑深夜中的城镇。那晚，我们将夫子拥在中间穿过夜色。虽用了"我们"一词，但那时的子路、子贡、颜回都已辞世，如今还记得那个夜晚的，只剩我一人了。

那个特殊的夜晚世所罕有，师徒心照不宣地走在负函街头。这座叶公治下的独特城镇，有着"近者悦，远者来"的政治抱负，也有难以掩盖的人造痕迹。

我想再到那夜色中负函的街道上走一走，这次我想一个人走，也只能一个人走。

那一夜，在那个遥远的异国夜晚，四十三年前的负函之夜，上天以昭王之死这一意想不到之事降下天命，轻描淡写地给了我们当头一棒。夫子平静地接受了这个事实，迎候昭王的灵柩，目送它远去，之后沉默地走回住所。

那时，我紧挨在夫子左侧，跟他并排走着。在此之前，我从未这般寸步不离地紧跟夫子，之后也不再有过。只有那一晚。那晚，生怕行走在夜幕下的夫子忽然倒地不起。自从叶公告知昭王死讯的那一刻起，我便十分担忧地陪在夫子身边。

夜至深更，漆黑的夜空无半点星光。

丘不得谒昭王，命也夫——夫子怀着如此心情，一言不发地回到住所，坐在缘廊一角，久久仰望夜空。见我们聚到他身旁，以一句"归与，归与"道出接下来的路。

在那短短一言中，我们听到了地动山摇战鼓阵阵，千军万马喊声震天。夫子当场就让子贡去做启程的准备。如今想来，夫子为了鼓舞我们，煞费苦心。

此事之前也说过，今日再提，是想邀诸君回到那个夜晚，重新体味夫子当时的心境。

那时的夫子已离开鲁都十余年，舍弃故里山河，舍弃众多弟子，舍弃自己作为政治家、教育家的地位，仅携弟子三四人，毅然步入中原兵荒马乱的旋涡中。

我们无从揣测夫子当时的想法，或许是对自己国家的改革失去了信心，欲到中原列国火中取栗，于是进入卫国生活了四年。只是我不曾参与夫子的那段过往，对那时夫子的所思所想并不知悉。

不过，从夫子为得一个拜谒昭王的机会，甘愿在陈都等待近四年来看，他滞留卫国恐怕也是为达成某个目的不得已之举。夫子前往晋国之前，可能还对某个国家的另一名掌权者寄予期待。希望落空后，才转向晋国。却不料晋国突遭变乱，夫子不得不发出"命也夫"的感叹，将视线转至中原霸主楚昭王身上。

然而，将所有希望押注在楚昭王身上，开始中原之行后，昭王的薨逝又让夫子的期待从根本上宣告终结。

如此想来，夫子若非有着强韧的精神，恐怕很难撑过迎送昭王灵柩的那个锥心之夜。

最终，夫子放弃了持续十四年之久的游说与亡命生涯，回到鲁都，再次教书育人。他这一取舍的果断和卓绝，实非常人所能及。

在迎送昭王灵柩后走回住所的短短路途中，在笼罩着负函城的浓墨中，夫子做出了取舍。

试与天命较量！一想起那晚，我的胸膛便充斥着异样的感触。夫子没有吐露一句泄气话。毕竟在那个残酷的夜晚，常人即便生出自尽的念头也不足为奇。

那一夜，走在深更时分的负函街头，在黑暗笼罩下，夫子未显露半点败者的姿态。他直面天命，既如此，那就"归与，归与"，命自己所率的军队吹响返程的号角。

我想再次回到负函深夜的街上走一走，想效仿当年在黑夜里前行的夫子，思索天为何物，天命又为何物。

这些年来，我时常思索夫子说过的话，时而困惑，时而有所悟。

——天何言哉？四时行焉，百物生焉，天何言哉？

——道之将行也与，命也！道之将废也与，命也！

我渴望回到夫子曾认真思考过天命的那片黑暗中，在同一片夜幕里思索何为天，何为天命。

因此，若有可能，真想回到负函，在那个深夜里再走上一回。

从前也有人问及天命，只是这个问题牵涉众多，太过艰深，并非我所能阐述，所以搁置至今。

自那以后，我便常常思索何为天命。这些年住在这深山里，我也反复思索这一问题，思绪一路回到身在负函的那个深夜，或许只有回到那里才能找到答案。

然而归期未定，不知要等到何时。在此之前，我先将自己这些年来的思考说给大家听，希望有所助益。

我方才说，曾闻夫子晚年面对众多弟子，说自己五十而知天命。对于这句话，我是这么理解的。

我想，夫子在五十岁时清楚地认识到，从自己身边做起，逐步将这混沌不堪的世间引向光明，是上天赋予他的使命，并再次将此视作人生目标。此举不是受谁之托，也非奉何人之令，不过是人生在世，唯愿终其一生贯彻此道。

然而，即使是上天赋予的使命，夫子也并不认为必将受到天的庇佑——随时可能出现意想不到的障碍，也有可能在完成使命途中离世。面对大自然的意志，人类如此微不足道，意料之外的困难险阻会突然降临。话虽如此，人仍要不遗余力地完成上天赋予自身的使命，正是靠着每个人微小的努力，不断累积，人世间安乐和平的时代才会来临。我想，这正是夫子心中所念。

知天命，便是此意。一是认识到自己所从之业是上苍赋予的使命，二是既已了悟此业置于大自然严格的运行法则中，就不可对万事抱有侥幸，须做好迎接以各种形式出现的意外险阻的觉悟。此二点相结合，便可谓"知天命"。

即便做着千秋伟业，也可能遭到不可预料的苦难阻挡。吉凶祸福与人的品行是否端正关系不大。将自己投身于浩渺天意之中，成败交由上苍，只管走在自己相信的道路上就好！说得好，除夫子外，谁还会有如此清醒的认识？

夫子在长达十四年的亡命与游说生涯中，数次遭逢苦难，每当这时，他便会说："上天看着呢，怎会让我们挨饿，让我们平白死去？"我也曾亲耳听他说过一次。

我想，夫子是想用这话激励我们，同时也激励自己。其实他心里明白，饥饿和死亡都有可能发生。自己所走的这条路绝非坦途，生死莫测，夫子又怎会不清楚？

那时，我在一旁凝望夫子的脸庞，似乎能听见他内心的悲鸣。

司仪过来提醒了，那我们先休息片刻。关于天命，几位准备了相关发言的小友请随我前往别室，将问题稍作归拢。天命是个难题，眼下时间有限，我们不妨先商议一番，将问题归为几个关键点后再行讨论。

三

休息得久了些，我们继续天命的话题。

在进入正题前，有一事相告。附近村民听闻今日寒舍正举办以年轻人为主的讨论会，来了十余人旁听。有几人在我们休息前就来了，未得事先应允，还请见谅。

此外，今日到场者之中，有一位和夫子有过一面之缘，还有一位曾在鲁都讲学馆中听过夫子讲学。如今此二老年事已高，有些耳背，腿脚也不便，但毕竟见过夫子，我们的集会将一直为他们保留上座。

村里来的人大多是长辈，也有两三名年轻人，还望诸君能和村民们一同探讨，分享所得。

哎，如此一来，我这间寒舍在午后要变得嘈杂起来了。

好，距离天黑尚有一段时间，就留给"天命"这一论题。恭听诸君高见，也谈谈我的想法。

方才休息，不少小友就夫子"五十而知天命"一言提出各式各样的理解和想法，其中不乏引人深思的见解。只是众说纷纭，难免混乱，在此先略做一番梳理。

"五十而知天命"一句中，夫子将知天命的年龄定于五十岁。或许是因为夫子在回首走过的路时，发觉自己是在五十或五十岁上下第一次认识到何为天命，有感而发。

五十五岁那年，夫子近乎被迫离开鲁国，逃亡至卫国，开启在中原列国间的逃亡与游说之旅。在此之前，夫子除了年轻时去过一趟齐国，一直生活在鲁国。

那么在五十岁前后这一关键时间点，夫子在自己的国家过着什么样的生活？对于这个时期的夫子，诸君多有调查了解，我也从夫子那里听过一些，两者相结合，或许能够一窥当时的情况。

鲁定公九年（公元前五○一年），夫子五十一岁。当时，夫子作为教育家的声望渐涨，门下弟子的人数也迅速增加。也正是那一年，夫子初次走上仕途，任鲁国的中都宰。

翌年，定公十年，夫子五十二岁。由中都宰升任司空，掌管土木工事。

同年夏初，鲁齐两国于夹谷会盟，夫子随同定公前往异国赴会。面对强国齐，夫子毫不示弱，将议题导向对己方有利的一面，收复失地。夫子不畏强权、大义凛然的外交手腕令其在中原一带声名大噪。

尽管我对那个时期的夫子知之甚少，但对夫子在夹谷会盟上不卑不亢、应对自如的风采耳熟能详。每每听闻，都深有感佩。在两国外交场上，夫子挺身直立，义正词严，如此辩才，又有何人能与之抗衡？

那年夹谷会盟后，孔子被提任大司寇，手握鲁国刑法狱讼大权。

那么，当时的鲁国，即夫子准备大展身手的舞台是何等情形呢？

有关当时，即五十年前的鲁国国情细况，现正交由几位年轻小友分头调查，在此我仅简述众所周知的情况。

在定公时期的鲁国内部，最大的隐患是王氏一族的三桓氏——季孙氏、叔孙氏、孟孙氏，三大世族的势力日益强盛，分割王权，致使鲁国虚空，衰颓之态尽显。

鲁国国家凋敝，兵微将乏，而三桓氏各自占据大片领地，在采邑修筑坚固的城墙，蓄养私兵，成为国之大患。

夫子坚决反对三桓专权，意图恢复鲁国王室政治，为此推行多项强硬政令，并于定公十二年拆毁三桓氏的两座城邑。

夫子的政策表面上为鲁国朝野带来了改革新风，但好景不长，旧势力卷土重来，所有努力功亏一篑，夫子在鲁国政界已无容身之地。

鲁定公十三年，五十五岁的夫子不得已离开鲁国，奔逃至卫国。子路、子贡、颜回和冉求追随他同去。自此，夫子开始了长达十四年的周游中原列国之旅。

以上是对夫子在鲁国的政治生涯的概述。夫子一度取得政绩，后遭旧势力反扑，最终以失败告终，流亡他国。

鲁哀公十一年，夫子结束了漫长的中原流亡生活，时隔十四年返回鲁都。那年，夫子已经六十八岁。

夫子在追忆过往时道出这句："（吾）五十而知天命。"

"天命"一词由"天"和"命"二字组成，此中含义令人琢磨不透。不由好奇，夫子在五十岁时究竟有何感悟？

听诸君说，有关天命的问题在当下的孔子研究中最受关注，可谓稳坐榜首。不难想见，这的确是个极富魅力的研究主题。

听闻对天命的研究热情还在逐年高涨，这完全可以理解。天命应当是孔子研究中最核心的部分。

我入此山已有三十年。何为天？何为天命？每年总不免思索上几回。有时会在夜深人静时，像现在这般坐在此地，陷入沉思。

——五十而知天命。

夫子将知天命的年纪定在五十岁。我们已经知道了夫子年至五旬时的事迹，同三桓氏对立、抗争，失败后不得以逃离故国，流亡异乡——我们谈论夫子口中的"天命"时，绝不能脱离他人生中这段艰难的经历。

说到这里，有关天命已讲了许多，方才休息时，又和诸君探讨良多，归纳大家的看法或可得如下结论。

夫子在晚年回到鲁都生活后，回想自己五十岁前后的人生，说出"（吾）五十而知天命"。问题是，夫子口中"天命"一词究竟指什么？对此，以下两种解释最为普遍。

五十岁前后时，夫子将自己的所行之业视作上天赋予的使命，对此怀有使命感。这便是对"五十而知天命"的第一层解释。

而让夫子心怀使命感的功业，就是我们之前提到的，从身边点滴做起，救民于乱世。这正符合夫子的心性。他在自己生长的故土上迈出了第一步，既在朝为官，就要担起将鲁国拨乱反正、导向正轨之责。于是，夫子肩负着上天的使命，义无反顾地投入与鲁国腐旧势力的斗争之中。

然而，这份充满使命感的大业却遭到打击，夫子被迫离开故国浪迹中原，彻底以失败告终。此乃第二层解释。

在结束长达十四年的异国之旅后，夫子回到鲁国，追思过往时叹道："五十而知天命。"当时回荡在夫子胸中的千愁万绪，引人浮想。

"当年的我肩负上苍的使命，怀满腔热忱投身于大业！"

追忆过往峥嵘，感怀无限。然而——

"所行之道布满荆棘，曲折迂回，终是大业未竟！天不助我！"

或许，也动过欲将过去掩埋的心思。

但夫子心里究竟怎么想，只能询问他本人。

因此，夫子的"五十而知天命"因诠释者不同，拥有着角度各异、风格迥然的释义。

此时此刻，在座的诸君若能用三言两语分享对"夫子之天命"或"吾之天命"的看法，一个壮观又精彩的天命研究会将应运而生。倘若夫子尚在世，一定会面露微笑默默点头，逐一认真聆听。

不过，在场的年轻人自不必说，就算是在这乱世飘零数十载的过来人，怕是再三邀请也不愿出面诉说。方才在别屋休息时，有几位简短分享了自己的天命论，我想请他们中的两三位同在场诸君分享，可惜无人应邀。

其中几位的见解令我印象深刻，不知能否允许我将其中的主要思想同诸君分享一番。

方才征得了几位的同意。在此便向大家介绍几篇"吾之天命论"，特隐去作者姓名。

*

知天命，是认识到上天赋予自己的使命之意。身为人，当知自己应为之事。孔子是在五十岁时知晓的，故而说出"五十而知天命"一言。每个人都应认清与自身所处之位相符的天命，即上天所赋予的使命。世人知天命的年岁各有不同。有的人在年少不知天命为何物时，已投身丰功伟业；也有人直至迟暮才意识到所肩负的天命是什么。

孔子在五十岁时知晓天命，希望我知天命时也尚未老去。现在的我不知天命，一片混沌。若我知晓了自己的天命，认识到上天赋予的事业是什么，我定将自己的余生全部献上。倘若遇到付出再多努力也无法做成的事，到时便认作是天意让我放弃，我应当会遵从，不过这些到那时再考虑也不迟。

*

我并非有幸承蒙上天亲赐使命的人上人。对我而言，吉凶祸福皆由天定。本分地干活，本分地活着。吉凶祸福，无论何者临头，都不怨天，不尤人。

不过，我每天清早都会拜天。向天俯首并非祈愿，也非祷告，只因头顶苍穹广袤无垠。行礼让我神清气爽，却也说不上为何如此。

*

孔子说过"五十而知天命"，那天命究竟指何物？我没来由地对此感到心悸，不敢深究。

这一年间我苦思冥想，对自己而言何为天命。最近总算有了结论。天，只需在上方默默注视就好；人，只需尽力去做自己认为正确的事情即可。"天命"一词，越解释越混乱，人只要心怀坦荡，听从本心，去做正确的事便好。

成功与否，谁都无法预料。即便失败，为此所受的辛劳也有价值，因为在做正确的事。

有人会说："谁能断言自己在做的就是正确的事呢？"如此发问的人可谓愚蠢。就算人不知道，但上天一直注视着。或许那人又会问："天只是看着，那又如何？"真是愚不可及。天并非只是看着，天沉默不语，那便是嘉许。

*

——信天命尽人事。

——尽人事听天命。

究竟该采信哪个说法？近来日日苦思不解，还望诸位提点指教。

*

——祸福皆听天由命。

——尽人事后，生死、贫富、成败皆交由天命。

——安于天命。

——人生重在奋斗，成败等闲视之。

以上四条，皆为理想的生活方式。看起来简单，能做到者寥寥。

好了，介绍了数人的"吾之天命论"，方才一位村民问我，在过往人生中，是否也曾从心底发出过"命也夫"的感叹。若有的话，想让我谈一谈。

这是个难题，也是个不好糊弄的提问，说了那么多他人的事迹，提问者有意让我说说自己。既然有此要求，蔫姜自然不能闭口不言。不知能否讲得令诸君满意，但在这乱世活了七十余年，我也算是在各种情形下遇见过天命。

回想此生，曾有两个契机可称得上我人生的转折点，决定了日后的生活方式。

其一是在最初伴夫子同行的旅程中，那个电闪雷鸣的夜晚，目睹夫子和他身后的子路等人端坐于农舍破屋的泥地上，神情坦然。自那以后，我便生出终身侍奉在夫子身旁的想法。

其二是在夫子的葬礼那天，我像个梦游者一般，漫无目的地在鲁都郊外游荡，最后来到河畔堤岸上，想起夫子的"逝者如斯夫"，考虑离开夫子后我该如何生活。那日的苦思指引我进入这深山，如这般度过余生。

我来到这深山寒村时四十二岁，也算是早早弃世归隐。岁月茫茫，不知不觉已过了三十载。

那么，这些年来历经世事，是否也曾陷入强烈而沉重的感叹之中，将"命也夫"宣之于口呢？

不得不承认，确实有过那样的时刻。请允许我花一点时间，讲讲关于我鹩姜和天命的故事。今日召集大家来讨论天命，作为主会者也该讲讲自身经历。

说起来有些年头了，那时我的一个熟人就住在这村子里，在他的关照下，我也搬入这深山中的村落。我受到他家的不少帮助，现在所住的房子和周围几亩田地也是从他们那里得来的。

那个熟人是名手艺精湛的水工，我年轻时曾和他一同在宋都干活。夫子离世后，我们在鲁都重逢。得知我想隐居山林，他便将我送到他的故乡，代替他陪在家乡的双亲身旁。

在他的帮扶下，我一进村就颇受他家人的照顾，他们教我田耕农事，我也帮忙做些水利工作，到今日还算能像个山村的老百姓那样活着。

我想说给诸君听的，便是在我那大恩人水工的双亲家发生的一件事。

方才我也说过，我入村已有三十多年。在这段年岁里，我和一直关照着我的水工一家相处得十分融洽，如同亲人一般。

当然，如今住在那里的已经是年轻一辈。当家的是曾送我入村的水工的堂弟，为人正直，有位贤淑的夫人。夫妇俩继承了大户农家。那对中年夫妇待我十分亲切，像照顾父亲一般照顾我。

那是七年前的事。那对夫妇生了一个女儿，那是他们的第一个孩子。孩子过了一岁生日后，孩子的母亲便会每日带着女儿上我这儿来。

她帮我打扫房间，准备餐食，照顾得十分周到。除了操持家务事，她心里似乎也非常乐意将孩子带来给我看看。

也难怪那位母亲献宝似的，那真是个可爱乖巧的女儿。我常想伸手抱抱她，但她总依偎在母亲的臂弯中，不肯探身让我抱。

奇怪的是，在她两岁生日当天，那位年幼的客人来到我家时，不知为何，一看到我就绽开如花儿般灿烂的笑容，离开母亲的怀抱，向我伸出双手。

我抱了抱她，很快把她送回母亲身边。那时我第一次感受到，这个幼小的生命有着世间其他事物无法比拟的美好和温柔。

我走到屋后，摘了朵野花，插进小壶中，送给小女孩当作生日礼物。对于在乱世中活了六十几年的我而言，那是初次体会到温情的一天。

好景不长，就在她们和我告别回家的当晚，小女孩发起烧来，高烧数日不退，孩子被折磨得判若两人。她手脚动弹不得，眼中也没了神采。为何如此惨烈的天谴要降临在一个稚嫩、无邪，初次对他人表露好意的幼儿身上？

一个月后，那孩子就这样在病床上离开了人世。而这深山里的村落依旧每日迎来日出、夕阳、黑夜，并不会因她的离去而有任何改变。失去幼女的父亲、母亲，他们都活着。而垂垂老矣的我也依旧活在这世上，一切如昨。

但是，这天底下并非无事发生。一个美丽稚嫩、笑颜如花，探身向我伸出手的生命——难道说正是因此受到惩罚吗——就这样病入膏肓，离去了。

自那以后，不知不觉已过去五年。

——命也夫。

这些年来，我曾数次在深夜仰面朝天，又默然垂首，怀抱如此无力的喟叹坐在炉边。

四

让诸君久等了。原打算中途不再休息，一口气讲完，结束今天的聚会。没想到谈起自己亲身经历的天命，心绪难平，一时不知该从何讲起，只好中途停下休整片刻。失态失仪之处，望诸位海涵。

尚值初秋，这深山里到了傍晚便凉意袭人。村里的年轻人正往炉灶里添柴生火，哪一位若是怕冷，可以到门厅来坐。

好了，继续讲我所目睹的天命，这次不再中断了。

　　方才讲到，约五年前，待我如亲人般的农家有个可爱的小女孩，她在两岁生日那天跟着母亲来到我家。那日，她绽开如花儿般明媚的笑脸，从母亲的臂弯向我探身，第一次主动伸手拥抱了我，让我惊喜莫名。那一天，在乱世中生活了六十余年的我第一次发现，原来这世间有如此美好而温柔的事物。

　　然而，当天女童回家后突然发烧，病了数日，等退烧时已憔悴得判若两人。她手脚一动不动，眼中也失了焦点。在病床上躺了一个多月后，就离开了人世。

　　究竟为何要如此对待这般年幼、美好、温柔的生命？为何在她初次对他人示好的那天，狠心让她遭受绝症这种残酷的天罚？方才我正是讲到此处难以自持，不得体之处还请诸君谅解。

　　然而遭受天罚的何止女童一人。那位母亲在女儿死后就像完全变了个人，变得沉默寡言，不再爱笑，来我家时也总是独自立在窗前，出神地望着远方。她定是在想念自己早夭的孩子。

　　上天到底在惩罚谁呢，是那个年幼的女童，还是她的母亲？抑或是我？

　　不知不觉五年过去了，这些年里我常想起那个早夭的女童。在很多个深夜，我坐在这里仰天长叹："命也夫！"

夜深时分，沉浸在萦萦苦思之中，心下无比悲凉。

自前年起，那位失去独女的母亲得知路过本村前往他国逃难的难民中，有不少失去父母的婴儿、孩童，她便去和那些难民商量，把小孩留在身边抚养。如今，受她照料的孩子已有十人左右。

每日，丈夫在农田里工作，妻子就在家养育一众年幼的孩子。闲暇时，我也会去帮忙照顾孩子们。那些孩子都在乱世中失去了父母一方或双方，身世凄苦的他们连自己出生在哪国都不知道。还好，如今他们在这个鲁国边境的山村中，在一名心地善良的女性的关爱下茁壮成长着。

当几名孩童染疾发烧时，这位善良的母亲欲行远路，去溪谷山崖边的一座祠庙向神明祈祷，保佑孩子早日康复。

那是个下雪天，山岩陡峭，我担心女人独自行路会有危险，便随她同去。

——敬鬼神而远之。

我蔫姜牢记夫子的教导，但我想，夫子不会责备这位养育着成群幼童的母亲，也不会责备陪同她前去向神明祈愿的我。

"小心足下。"我仿佛听见夫子这般叮嘱。

话题回到"命也夫"，其实在女童的悲剧发生前，我也有过这样的感叹。入山不觉已有三十年，漫长的年月里，曾数次感到心中怆然，哀叹"命也夫"。或许生在这战国乱世，有太多的命不由人。

然而，每当提及天命，有一事必然会浮上心头，不，不如说是不得不想起之事。那是我的亲身经历，大致始末是这样的。

生活在深山里的三十年间，即便是这远离都城的山村，也多少会受到战乱波及。不过，毕竟是堂堂鲁国的国土，他国军队还不至于攻进这穷乡僻壤，只是时常有别国难民途经此地。

笼统算来，约十年前，鲁悼公八年的前后三年间，是难民北上最多的时期。

那些难民来自默默无名、恐怕只有一座城邑的小国。从春至夏，每日二三十批地经过这里，朝北走去，也不知他们要去往何处。

大多是一对夫妻带着老小，看着像普通农户家庭，数人到十数人成群。其中也有一家上下逾三十人的大部队。

难民们食不果腹，看上去疲惫困顿，老少无一不是摇摇晃晃，步履蹒跚。

"啊，看不下去了！"

不知谁喊了一句。以此为契机，山村里十几个有志之士商量着，把村口的二三间废屋修整一番，搬入床具，置好锅碗瓢盆等炊事工具，当作临时的难民安置所。

于是在那个夏天，村民们给难民提供食物，为病患和老人提供住所，悉心照顾他们，让他们消解些许疲劳后再继续北上。

我也加入到救济难民的工作中，整个夏天大伙轮流抽空去安置所帮忙。整日忙里忙外，有时事情多起来都顾不上休息。

夏天快结束时，北上的难民变少了，只需一栋安置所就够了。等到秋风吹起，最后一栋安置所也用不上了。难民的季节结束了。

事情发生在十月初。我和几个一起救济过难民的村民前去安置所，准备收拾后将其关闭。

忙了一整天，一切收拾停当正准备离开时，傍晚时分豆大的雨珠落下，远方传来雷鸣声。

最年长的我和三个女人拿着雨具先走一步，我们离开时，留下的三个男人正在清扫门厅，做收尾工作。

我和三个女人被瓢泼大雨淋得半湿，急匆匆往家里赶。途中，雷鸣愈发震耳，我们便躲进路旁的小木屋中，避开闪电和雷雨。等到雨停，我们才从木屋出来，各自回到家时已是深夜。

留在安置所的那三个男人应该已经打扫完门厅，关好窗户，等雷雨停后离开了吧。然而，意想不到的悲剧发生了。翌日清早，三人的尸体赫然倒在安置所门前的空地上，他们被雷击中，早已面目全非。

他们为了帮助他国难民，想着多少能减轻些难民之苦，挺身而出到安置所帮忙。在夏季结束时，又前往安置所忙活一整天，把一切收拾好，甚至为第二年再次开放做好了准备。傍晚，他们离开安置所，准备各自回家。然而，就在他们走出房子的那一刻，在那片他们忙碌了一整个夏天的空地上，惊雷猝不及防落在他们身上。

难道这就是天命吗？

请允许我再重复一遍。在那个夏天，他们为了帮助素昧平生的他国难民，分头干活，轮流工作。直到夏季结束不再有难民经过，他们前往安置所做最后的清理工作，打算将其关闭。却在傍晚临回家前，刚迈出屋子就遭到雷击。

他们为了众多的他国难民能得到帮助，在盛夏里忙碌，而在夏天终结之日，上天却报之以死亡的结局。连向上天抗议、争辩的时间也没有，就这样被猛烈的雷光击穿，一人仰面朝天、两人匍匐倒地死去了。

而和他们一起去打扫的我和三个女人，只因先一步离开，才得以保全性命。

若他们的"死"是天命，那么我们的"生"难道也是天命？天命究竟为何物？

在此，让我们回到"五十而知天命"，再次思考其意义。

"我在五十岁时，意识到上天对自己所行之事赋予了崇高的使命"，这句话一般可以这么理解。方才我们讨论时，也认为这样的解释没有问题。

夫子在五十岁时，在自己所行之事中感受到上天赋予的使命。具体而言，就是夫子在五十岁时参悟到，一直以来自己的处世之道——从身边小事做起，为减少这片土地上满溢的不幸而不懈努力，这是上天赋予的使命，并决心将此作为终生的事业。

除此之外，还有另一层含义。

不管做什么，只要是人所为，其成功与否就很难预料。这和是否受到上天赋予的使命感支撑无关。成功或失败皆由天定，别无他法。

"五十而知天命"中应该也包含着这样的觉悟。这和方才我们讨论的意见一致。

因此，可以说"五十而知天命"中有两层意思。其一是意识到上天赋予的使命；其二是在意识到那份使命后，付出更大的努力，同时要清楚地认识到，无论那份使命感有多强烈，无论自身付出了多少努力，其成败与否须另当别论。或许会成功，或许会横遭意想不到的阻碍而失败。

这一切都只能交由天定。

想来，夫子正是考虑到了这点，才说出"五十而知天命"一言。这也是方才我们全都认同的结论。

说得更通俗一些，便是人所做的一切无论多么正确、多么伟大，事情的成败仍要交给上天定夺。在一件功业的进程中，人是会受到上天莫大的鼓舞与帮助，还是会遭遇阻挠困境，都不可知。上天的意图深不可测，岂是我们渺小的人类能参透的？

然而，也正因如此，人更要循正道生活。尽管不知道天会施以援手还是横加阻挠，既然生于这片土地上，就要言行端正地活着，并不断向前努力。上天必然会嘉许这样的人。所谓嘉许，便是天对此表示赞赏。

若能得到上天的嘉许，人也就别无他求了吧。若还想要更多，恐怕天也爱莫能助。这天上地下，四时行焉，万物生焉。四季更迭从无间断，万物应季而生，蓬勃生长。

天承担着太多使命。再向它要求更多，怕是天也力不从心。若人再向天祈求什么、期待什么，那便是僭越了。

方才说过，夫子结束十四年浪迹中原之旅，回到鲁都后，开始回顾自己五十岁后多灾多难的岁月，感叹"吾五十而知天命"。

"我那时五十多岁，尚还年轻。在自己所行之事中感受到了上天赋予的神圣使命，为使其有助于济世经邦而身行力践。然事与愿违，宏图以失败告终，我半逃亡般离开鲁都，不得不周旋于中原列国间，开始逃亡与游说之旅。如今回首过往，才恍悟上天自有其想法，不会因人的期望而改变。只是当时的我还未明白这个道理。"

夫子五十岁时回顾自己的过往人生，想必会发出上述这般感慨。经过长达十四年的中原逃亡与游说之旅后，终于得以踏上鲁都故土的莫大感触想必也包含其中。

那长达十四年的中原之行，对自己而言到底意味着什么？如今想来，就像天命和自身在旋转舞台上演漫长的死斗。或许仅此而已。那种种感怀，千头万绪，都汇入夫子时隔多年回到鲁都后那句"五十而知天命"之中，可见其分量。

如此看来，"五十而知天命"一言可以说道尽了夫子从五旬到六旬十余年的人生。涵盖了夫子的喜怒、昂首仰面欲与上天较量的勇气，以及不为人知的不甘与悲哀。

——五十而知天命。

夫子将自己的一切都放进了这句话。

若要我在夫子的言论中择取其一，我定会选这句"五十而知天命"。浩然雄浑如洪鸣，每每诵读，凛然作响。

知天命并非易事，我等凡人很难做到，但既然生于这世间，便唯有品行端正地生活，接受上天所赋予的使命，勤勤恳恳地劳作。

不过，就算选择带有天赐使命的工作，也不能期待上天会给予助力。这一点万望牢记于心。

很可能上天不但不相助，还会降下阻碍、困难，遮蔽前进的方向。务必做好迎接狂风骤雨的准备。

不过，人能将自己置身于浩渺天地间，已然可歌可泣。正如方才所说，或许上天在某时某刻曾给予嘉许，只是我们听不到天的声音，看不到天的身姿罢了。

方才，一位在鲁都研究孔子的小友提出一个新的问题。

他说，在他们收集的相关资料中，有一个名为"伯牛"的人，伯牛患病，夫子去探病时曾曰："命矣夫！斯人也而有斯疾也！"问我是否认识伯牛此人。若认识，能否谈谈此人，以及他和孔子的关系。

据我所知，伯牛是夫子的高徒，德行高尚不逊于颜回、闵子骞。伯牛本名冉耕，字伯牛，记得他比夫子小七八岁。

夫子结束中原之旅回到鲁都时，已经六十八岁，那时伯牛也年逾六十。

伯牛卧病在床，夫子前去看望，叹道："命矣夫！斯人也而有斯疾也！斯人也而有斯疾也！"

我不记得是何时从谁那里听闻此言。我想，伯牛听了这话定会感极而泣。我初闻之时便这么想，如今也这么想。

被夫子评价为"斯人也"，伯牛应是死而无憾了。"斯人也"是夫子给予的最高赞誉，此言也绝非流于表面。

我说伯牛听闻夫子此言定感极而泣，但要论起来，先流泪的应是夫子。夫子说罢"斯人也"，流下泪来，说罢"有斯疾也"，再次痛哭流涕。夫子便是这样的心肠。

那位小友又问，此言是夫子在看望伯牛时当场说的，还是探病回来后说的？

对此我并不清楚。若当时有人随夫子一同前去看望伯牛，那旁人很快就能知晓。但当时夫子应是独自去探病的。伯牛身患传染病，所以夫子总是独自一人去看望。

年迈又重病卧床的伯牛大概不愿让外人看到自己老病缠身的模样。若非有特别交情之人，也不必前去探病。夫子心中定会如此考量。

从中也可以看出夫子那无上的体贴和善良。不愿伤害被探望的伯牛，也不愿让前去探病者冒被传染的风险。夫子用心之细无人能及。

夫子想必是在探望伯牛时，握着他的手说出了这句"命矣夫"，说完后心情仍久久不得平息。

之后过了几天、几十天，夫子同某人见面，促膝谈话时，偶然提到了伯牛，借某一契机，将这刻在心底的感慨极其自然地浓缩成一句话表达出来。

夫子说出口时，心中定在泣泪。那样温柔的夫子怎会不流泪呢？

——命矣夫！斯人也而有斯疾也！斯人也而有斯疾也！

伯牛染上不治之症，这就是命啊，是天命啊。

我不曾见过伯牛。或许该去探望他的，但当时接连遭逢鲤、颜回、子路之死，不久夫子也逝去了，那段时间我在鲁都的生活充斥着无常的死别，不觉间便遗忘了伯牛。

如今伯牛已故去，我对伯牛的晚年生活一无所知。他应是鲁国人。诸位在座的小友，若你们有关于伯牛晚年以及他如何逝世的消息，还望劳烦告知我一声。受你们年轻人的影响，我也想试着去整理、归纳先师生前周遭的人事，希望能发挥一点用处。

有村里人举手示意。这位是村里排得上号的高龄老人，约莫和我同岁。

"夫子逝世后，我曾在鲁都夫子的讲学馆听过孔门贤弟子们讲授夫子的言论。那也是二十多年前的事了，不知当时授课的先生如今是否安好。记得当时有一位先生谈到孔子晚年的情形，说过'六十而耳顺，七十而从心所欲，不逾矩'。敢问这句话出自谁之口？是孔子说的，还是孔门弟子对晚年孔子的评价之语？对此有些疑惑。还有，敢问'六十而耳顺，七十而从心所欲，不逾矩'一言和方才我们一直探讨的'五十而知天命'有怎样的关联？"

感谢提问。这又是个十分复杂难解的问题，所幸在座也有在鲁都从事孔子研究的年轻人，我们听听他们的看法。

刚刚听了研究孔子的年轻一辈的发言。由我来转述：

"我们也是第一次听闻'六十''七十'一言，因此尚无头绪。"

"几年前有类似的言论在年轻人间流行过，'吾十有五而志于学'听说也是孔子的言论。不过，是孔子于何时何地所说，则一概不知。"

以上便是年轻人们的回答。接下来，就让身为主会者的我谈谈自己的看法。尽管说不出什么名堂，我也算是从夫子中原之旅直至晚年一直侍奉在侧的人。

"六十而耳顺""七十而从心所欲，不逾矩"——说得真好。前一句是说，人到六十岁后，便能平和地接受不同的意见。后一句则是说，到了七十岁后，行事便能随心所欲而不偏离方向。足可见发言者的自信。

能说出这番话之人，恐怕世上寥寥无几。纵观历史长河，有信心下此断言之人，想必屈指可数。

但我敢说，夫子便是少数能做到"六十而耳顺"的人。而能做到"七十而从心所欲，不逾矩"的圣人更是极少数，夫子位列其中。

这两句话恰到好处地概括了夫子六十岁、七十岁时的非凡之处。

可是此话出自何人之口？

就我而言，若要说明古今中外论人品德行无人可与夫子比肩，我会用这句话来表达。无须到六十、七十岁之后，相信夫子年轻时便行事端正，从不会偏离正道，善于聆听接受他人之言，就如句中所说，是能坦诚接受对方心意的君子。

夫子就是如此非凡之人。试想，若此言出自夫子之口，当如何呢？

据我对侍奉多年的夫子的了解，这话应该不是他说的。

可惜子路、子贡、颜回已故去，没有可商讨之人。只要他们中有一人在场，定会在听到这句话的瞬间知道这是出自夫子之口，还是孔门弟子对夫子的赞誉，甚至能指出是哪位弟子所言。

唉，我们就把夫子这番"六十""七十"的言论留到下次集会上再讨论，也作为新课题，让鲁都的年轻人带回去研究吧。

这最后一点时间，让我们以五篇"吾之天命论"结束今天的聚会。

这是方才休息时我收到的，内容丰富，见解多样。其中有村中老人的"吾之天命论"，也有鲁都小友的。他们对天命的理解和把握十分出色，是在这里侃侃而谈的我所远不能及的。

不管如何尽人事，也会有不可解释的理由和原因导致事情无法像预期那般发展。这便是天的干预，即天命。稍加留意，便会发现我们身边充斥着天命。我们活在世间，便摆脱不了无处不在的天命，须用尽一生与天命相搏。

——（这是年轻人的天命论。）

人的生死贫富皆由天命，非人力可左右。长寿、富贵、荣华皆可遇而不可求。会来的自然会来。若这般妄下定论过于直白，那就换种说法。长寿、富贵、荣华并非有求必应，若它们来临，也是上天不经意间安排的。天会在何种情况下降下荣华富贵，谁也不知道。上天的心情无法揣测。总之，长寿、富贵、荣华便是如此。

人之所以为人，正是因为有着自己信奉之物，专心奋斗而将天定的成败置之度外，这便是最好的人生观。成功与否交由天定。人只需努力、奋斗。相信自己所坚信的，穷尽一生为之奋斗即可。

——（这是两位村民的看法，他们都刚步入晚年。）

人只要走在正道上，上天总有一天会给予嘉许，称赞一声"好"，但也仅此而已，不会更多了。不过，能得到一声嘉许已经足够了，不是吗？只要想着天在冥冥中注视着自己，便不会感觉是在孤军奋战。我如今孑然一身，父母、妻儿都已故去，留下我一人。但只要想到他们在天的某一角，正注视着我的所作所为，倾听着我的所思所想，便不会太过寂寞、太过孤独。

——（这是村中一位腿脚不便的老人的看法。）

若让我在所知的孔子言论中选出最喜爱的一则，我会选"天何言哉？四时行焉，百物生焉，天何言哉"。人应当去做一件了不起的事，才不算白来一遭。但不必声张，默默去做就好，须得勤恳无言地实干。就像上天创下如此伟业，依旧默不作声，从不张扬。

天一言不发，俯视着天底下人的作为，自高处沉默地看着人们默默无言做着自己认定的事。天从不与人交谈。如此便好。不是吗？如此便足够了，无须赘言。

然而，愚蠢的人类却到处征伐掳掠，自相残杀。

——（这是村中老人的看法。）

第三章

一

近来秋意深重，但昨夜起寒气减弱，今日更是迎来不似晚秋时节的晴好天气，仿佛在欢迎诸君的到来。诸君沿溪谷入山，想来已将漫山红遍之美景尽收眼底。

我那已不复存在的故乡蔡都新蔡也生有许多红叶树，其中以桐树居多。每逢秋至，红枫宛如赤焰燃烧，但仍不及此处山间浸浴在云雾中的红叶那般如诗如画。

今日集会依旧由我担任主会者。上次有几名村中老者加入，在天和天命的话题上探讨良久，花去将近一整天。说起天和天命总觉意犹未尽，想必诸君也有同感。

不过，今日暂将天和天命的话题放下，待日后有需要时，我们应天命之召再议，如何？

不知诸君可还记得，上回集会结束时，有人提议将"孔门高徒"作为下回讨论的话题。和"天"这种缥缈艰深的问题不同，这是个具象且有影响力的话题。下面就请一位监事为诸君介绍一下背景。

"近三四年来，有关子路、子贡、颜回等孔门最早一代高徒的研究十分盛行。他们追随孔子，历经十四年中原流亡生涯，回到鲁都后侍奉在晚年的孔子身边。

"三人中，颜回最早先孔子而去。子路在随夫子返回鲁都不久后被派到卫国大夫孔悝手下任职，后为救主被卷入他国内乱，舍生取义。

"子贡在孔子一行中担负食宿供给之职。孔子去世后，他操持起丧礼的诸项事宜，三年期满后又服丧三年，总共在孔子墓旁服丧六年。

"我们正持续从各方收集有关孔门高徒的卷宗。孔门弟子，尤其是这几位高徒的相关研究，如今很受重视。蔫姜先生和孔门高徒交情深厚，对孔门多有了解，我们有幸在研究中得到您的诸多帮助和指点。今日也有二十多人组队前来求教。

"不管是夫子漫长的中原逃亡之行，还是他晚年在鲁都讲学的情形，都望不吝赐教。今日来此叨扰的我们以及鲁都孔子研究会的成员，都希望在您的指导下，正式开展孔门研究并取得成果。

"先前，我们提出想听蒍姜先生谈谈自己对子路、子贡、颜回的评价，这是自去年以来我们最大的心愿。所以刚刚我们两三个监事冒昧向蒍姜先生提出这个想法，希望您能在今日的集会上谈谈这一话题。不知是否能满足我们的愿望？"

承蒙抬爱，不胜惶恐。我蒍姜连孔门弟子都算不上，要论对孔门高徒的看法，所言怕是对诸君无多助益。奈何盛情难却，就略述己见吧。

说起孔门高徒，思绪不觉飘到很久很久以前，今日就拾起那些过往的逸事碎片，同在座诸君分享。

若得在座哪位小友提问，作为话题的切入口，将不胜感激。

"那我就开门见山提两个问题。子路、子贡、颜回三弟子中，孔子对谁的评价最高？又是哪一位最得孔子之心？"

感谢这位小友为我们打开了话题。这两个问题很难回答，同时又十分重要。先师孔子在三位高徒中对谁的评价最高呢，子路，子贡，还是颜回？

至于另一个问题，三位高徒中的哪一位最得夫子之心，这同样是个没法很快给出答案的难题。

不过，若要理解孔子其人，理解他伟大的人格，这两问是不能回避的关键所在。

其实我在随夫子浪迹中原的途中，也偶尔抱有同样的疑问。夫子回到鲁都后，哪怕后来子路和颜回都已故去，我仍时不时冒出此念。

时至今日，话题中的人都已离世，我对此仍未释怀。

我有时会想起久远的往事。那时，夫子总是立子路或颜回为榜样，我却不免心中摇摆：子贡难道不值得褒扬吗？公正无私、眼不着砂、犹如天一般的夫子的视线某时某刻停驻在谁身上，对弟子们而言甚至如同生命一样重要。

夫子离开我们已有三十三年，对于这个问题，我心里渐渐有了答案。夫子欲将身后事托付给何人继承？通过这点或许能一窥夫子的内心。不知不觉间，我也活到了夫子的年纪。

现在讲出来也未尝不可，但我想，还是保留到今天这场集会的最后再同诸君分享吧。

况且，今日在场的诸位小友都不曾见过先师孔子和他的高徒，而是通过史料了解他们。我也想先听听你们对于孔门及孔门高徒更为客观的见解。

所以，先容我当一会儿听众。请诸君就孔子在子路、子贡、颜回三位高徒之中对谁的评价最高，以及谁最得夫子之心，各抒己见，畅所欲言。这两个问题饶有趣味，而且对了解孔门助益颇多。

已看到有不少人举手，请讲。谁先说都可以。

"那就由我来抛砖引玉。约两年前，鲁都的孔子研究者中有十几人将研究重心放在颜回一人身上，合力研究颜回。在此我谨作为代表进行发言。

"我们认为，孔子评价最高的弟子是颜回，最喜爱并期以厚望的也是颜回。

"我将引用孔子谈及颜回的言论、孔子和颜回的对话以及旁人对颜回的赞词为证。这些都是谈起颜回时重要的史料和文献，其中，鲁哀公十四年（公元前四八一年）颜回离世时，孔子的那句'噫，天丧予，天丧予'更是绝响。仅此一句，就足以证明颜回在孔子心中的分量。

"'噫，天丧予。'悲叹亡者时，最激烈的言语莫过于此，足见孔子对逝者颜回的信任和感情之深，令人由衷感佩。颜回的死，带给孔子撕心裂肺的悲恸。

"何况，'噫，天丧予'绝非后人杜撰，而是当时在场的人口耳相传至今。

"'噫，天丧予。噫，天丧予。'除了孔子在颜回临终之际的此声悲叹外，当时还有件鲜为人知的事，从中同样可看出孔子巨大的悲痛。

"颜回气绝时，孔子悲从中来，难以抑制地哭泣起来。一旁有人对孔子说：'您哭出声了。'这时，孔子才意识到自己正放声大哭，回道：'是吗？我哭出声了啊。可是，我若不为颜回哭泣，要为谁哭泣呢？'此事听来亦让人动容。

"通过这两则逸事，我们可以清楚地看出，孔子对颜回的信任和感情要比其他人都更加深厚。

"由此看来，在孔子的三位高徒之中，得到最高评价、最受信任者非颜回莫属。当然，孔子最钟爱、最寄予厚望的弟子也是颜回。这一点我们亦毫不犹疑。

"颜回研究尚在初始阶段，之后我们将从颜回的童年时代、少年时代以及各时期的家庭环境、社会环境等方面着手，尚有诸多事迹待考，届时还望多多指教。"

感谢发言。第一次听说诸位小友在鲁都设立颜回研究会，十分欣喜，只是不知颜回本人若是泉下有知，会作何反应。大概会抱头环胸，交叠手足，将身体缩成一团，重重慨叹几声吧。

我蔫姜已是迟暮之龄，近来常想，这世间真正懂得"羞惭"二字之人少之又少，颜回算一个。若他听说有人研究自己，定会羞惭不已，以至弓腰蜷身、无言以对。

不必说，若他得知自己辞世时，恩师孔子曾悲叹"天丧予"，那就更不得了。他定会反省自己生前对夫子的侍奉如何能配得上"天丧予"的评价，怕是在九泉下惶恐四顾，再死一遍的心都有了。

我蔫姜所认识的颜回便是这般至纯无垢、一尘不染。他可谓天降之子，是拥有良善心地的俊才，世间无双的奋斗者。

好，下一位谁来发言？今日集会，首次谈及今后孔门研究、孔门高徒研究会发展等话题，还请自由发表见解。

不少人举手了，就从右手边这位开始吧。

"我在鲁都孔子研究会中最为年长。今日初次参加集会，见蔫姜先生七十二岁高龄依旧精神矍铄，心生感佩。我虽然也是老人，但要比蔫姜先生年轻十岁左右，身体、头脑却皆远不及蔫姜先生。果然孔子亲授之人才思敏捷、筋骨坚韧。

"既已起身，便想借此机会说点什么。只是我从未身居要职，对孔子的研究也才入门，说不出个所以然来。听闻在之前的集会中，大家对天和天命进行了讨论。说起天，或许还有些心得，但要论颜回，我不敢妄言。不过，在孔子的第一代、第二代十几名高徒之中，我也最喜欢颜回。

"为何喜欢颜回呢？首先他出身低微，家境贫寒。颜回终其一生贫苦度日，却英年早逝。此点正合我意，据传他好学不倦的名声在外，尚未施展才华，年纪轻轻就与世长辞，真可谓天妒英才，孔门逸才之名当之无愧。这只是我个人的看法。"

"下面该我发言。同样，若要让我在孔门高徒中选一名代表人物，我也会选择颜回。

"上一位发言的长者提到颜回出身贫苦，这份贫苦贯穿一生直至他离世。但我认为，贫苦并非好事。正因颜回生活贫苦、身份低微，又英年早逝，他四十一岁的死才那么令人痛惜。

"不过，让孔子泣叹'天丧予'的颜回，无疑是将名垂青史的孔门第一人。或许在今后对颜回的研究和查考中会有更多发现。我虽力薄，愿为颜回研究献出毕生力量。我的发言结束了，有请下一位女士。"

"诸位好，请先容我做自我介绍。我是孔子研究会的一员，经常旁听诸位讨论。先夫几年前因病早逝。他生前一直在收集孔子的言论，为了确认那些言论是否为孔子所言，他遍访与孔子有交情之人，有时不惜长途奔波。他就是这样一个潜心钻研的人。

"先夫离世后，鲁都孔子研究会的琐事就由我来接手，近水楼台得以旁听诸位的各种讨论。因身为女子不能参与研究、调查等，但能旁听诸位的见解依然受益良多。其中让我最为关注、最感兴趣的也是颜回。

"先夫生前时常吟诵颜回对恩师孔子的赞诗给我听，耳濡目染，我也了熟于心，想在此将其吟诵一遍。每当我朗诵吟咏此文，便觉那字句经抑扬顿挫的诵读声直抵内心、涤荡心灵，引我走进颜回的内心，聆听他的思绪。请允许我占用诸位片刻。"

仰之弥高，钻之弥坚。瞻之在前，忽焉在后。夫子循循然善诱人，博我以文，约我以礼，欲罢不能。既竭吾才，如有所立卓尔。虽欲从之，末由也已。

"'夫子巍峨高耸，我欲随侍其左右，却不知该如何靠近他。'这是颜回的心声，先夫说，大抵好比想要登天却苦于无梯、无处可攀的心情。我亦同感。我的故事就讲到这儿，感谢包容。"

谢谢如此真情实感的分享。前几位谈论的都是颜回，接下来有谁愿意谈谈子路或子贡？

当然，若还想继续颜回的话题也无妨。只是如我刚才所说，我认识的颜回是个十分腼腆的人，若得知被诸位热议，他恐怕会害羞得抬不起头来。

角落举手的那位，请。

"我十分尊敬子路，正在研究他。我加入孔子研究会已五年，一直专注于子路的研究。子路享年六十三岁，我也想活到六十三岁。距离这个岁数还有约二十年光阴，我打算全数用于研究子路。生逢乱世，生死本不应计较，只是为了研究子路，我还想多活几年。

"方才，席间讨论孔子会在三位高徒中选谁继承衣钵，其实这根本无须探讨，毫无疑问是子路。除了子路，无人堪此大任。无论是从年龄、经历、人品，还是从生活态度来说，子路都是最合适的人选。

"子路不会因病早亡，他拼尽全力地活着，只为尽可能长久地侍奉夫子，让这乱世逐步趋向夫子心中的愿景。而到必要之时，他随时可以献出自己的生命。事实上，子路正是为了大义而毅然赴死。

"即便世事无常，子路也不至于年纪轻轻就草率地撒手人寰，像颜回那般，刚过四十就一副理所当然的样子离世，子路无论如何也做不出那种事。夫子该有多么困扰啊，所以才会说出'噫，天丧予'这种话来。若非如此，稳重如夫子又怎会说出如此意气之言。夫子当时定是心乱如麻。

"一个好端端的得意门生，却不知为何，四十出头就在贫病中死去了。夫子必定感到震惊。"

作为主会者我想提醒诸君，今日的讨论并非要将子路和颜回分个高下。请将发言重点放在对这位孔门首屈一指的高徒子路做了哪些研究，或今后有何打算上。

"好的。我这个人一谈到子路就浑然忘我，平日里还会加以留意，今日失态让诸位见笑了。不过，在此我还想为子路多提一嘴。

"五十而知天命的孔子，当真会在颜回刚年过四十而离世时，说出'噫，天丧予'这样的话来吗？莫不是有心人为颜回编造的言论吧？反正我是这么认为的。

"今日席间有不少颜回的拥趸，老少加起来约莫有十几位。子路的信奉者也不在少数，据我所知就有七人。子贡的支持者相对较少，但也不能说没有，今日有两位在席。

"在此多说了几句不相干的话，也是想让蔫姜先生对鲁都孔子研究会的实际情况，或者说现状有所了解。今后还要仰仗您的指点。

"好了，说回我对子路的研究成果。大约一个月前，我跟随一队商旅者走访卫都，子路殒命的小城正位于卫都郊外遍布柏树林的大平原一角。那里四面城墙环绕，只有东北角有缺口，一座名为'会盟台'的小山丘恰好堵在残垣处。听闻当年子路就是战死于会盟台背面，正冠死于白刃之下。

　　"卫都也有研究孔子的人士，我便是在其中一人的带领下瞻仰了子路殉难的遗迹。子路就义之地在卫都，他任宰三年的蒲邑距卫都不远，因而与鲁都不同，子路在卫都的名望很高，相关研究最为盛行。

　　"还有一事值得一提，孔子在听闻卫国内乱时曾有言，子羔应该会逃难回来，子路恐怕会殉道，回不来了。一语成谶。这句话体现了孔子对子路为人的了解，我们鲁都学者不以为意，而卫都则将此视为子路研究的重心。子路在出生地鲁国没有太高人气，却在壮烈牺牲地卫国有着众多信徒。

　　"非常抱歉引起不少争议，我的发言到此为止。后面的时间交给研究子贡的两位。"

　　"如您所言，今日在场研究子贡者仅我二人。下面由我作为代表发言。

　　"今日我们谈论的是，子路、子贡抑或颜回，谁是孔子最信任、愿将后事托付的门生。从诸位的发言来看，颜回、子路、子贡是大势所趋。当然，此排名也非今日才有。

　　"颜回最受追捧，其次是子路。两人均有闪光之处，可谓不分伯仲。

　　"子贡与二位不同。他不像颜回和子路，没有夺目的光环，甚至略显平淡，他总是安静地坐在角落环顾四座，确认诸事妥帖，很少吐露自己的想法。

"尽管今日只有两人到场，但我们认为与众不同、始终安坐于角落的子贡最值得信赖。他于不动声色中办妥诸项要务，从不声张，默默做着该做的事，高效得体，妥善周全。而且，他从不找旁人帮忙，自知借他人之手也无济于事，只靠自己身体力行，也自信能独当一面。

"有些事可能找人帮忙会事半功倍，但他依旧下决心不劳烦他人，独自完成。不妨说，子贡从一开始就谢绝一切帮忙援助。这是子贡的性格使然，也是他的可畏之处。

"借此集会，我们想着总该为子贡说上几句，但只怕这个想法还没成熟，子贡又自顾自走远了。待他离去，我们才发现他所为之事十分了得。他愿意担负孔门万般事宜，却未曾道一声'我来'或'办妥了'。他默默躬行，办妥诸事后自行离去。这就是子贡。

"正因有子贡，孔子一行才能在中原浪迹十四年之久而平安无虞。不敢想象若没有子贡，只有子路、颜回二人随侍，会是何等情形。想必一行人会被驱逐出城，流落荒野，食不果腹，能否平安回到鲁都也未可知。孔子一行若离了子贡，相当于失掉了在中原这个乱斗场里周旋的资格。

"在以孔子为首周游中原的一行人中，最忙碌者要数子贡。在一行人辗转各地之时，子贡遣人行商，做国家间的大买卖。撇去好恶不谈，若不做生意，周游列国的说客们吃都吃不饱，何谈尽情施展抱负。只是，此类事迹在目前收集到的孔子语录中尚未有提及。

"子贡没有意识到自己的重要性，身为师长的孔子也没有注意到，这实在令人惊讶，引人好奇。子贡的贡献如此之大，做了许多必不可少的有益之事，夫子却似乎没有流露一丝感激之情。

"但世间伟业，如文明、文化，不正是由这些人会聚在一起，以安静而不显眼的方式孕育的吗？近来，在研究子贡时，我渐渐认识到了这一点。"

感谢这位小友饱含真情和深意的发言。我们休息片刻，请大家梳理一下方才发言所述，准备进入下一个尚未可知的话题。

我蔫姜虽年事已高，为诸君的热情所感染，心中也不由跃跃，欲浅抒己见，谈谈对夫子、子路、子贡和颜回的看法。

短暂休息后，我们继续吧。方才休息时才发觉，都是因为老朽才中断了诸君的热议，实在过意不去。

好了，从何处继续话题呢？方才听诸君对孔门第一代门生发表了各种见解，我也想聊聊自己的想法。

请允许我斗胆高攀，如今子路、子贡、颜回于我而言，就像已亡故的师兄一般。他们是我的师兄，也是孔门第一代门生中个性鲜明的佼佼者。时至今日，我才渐渐领悟到师兄们的非凡之处。

在此之前，诸君若还有疑问或见解，请不要拘束，自由发言。举手的那位，请。

"今日到场者之中研究颜回的人最多，我也是其中之一。不过近一两年来，在研究颜回之余，我致力于编写子路、子贡的生平。尽管只是粗略概述，也力图保证其准确性，因此推进得十分艰难。

"孔子的生卒年份有明确记载，但其门生的信息却模糊难辨。无一人能做出准确判定。

"说到颜回，无论相识与否，众人都说他才华横溢，好学不倦，人格高尚，这评价应当是可靠的。但有个说法让我很疑惑，称颜回因发愤苦读，二十九岁时头发便全白了。有几人称他们认识的颜回确实满头白发，但也有几人称颜回一头乌发尤胜常人。

"颜回的头发究竟是黑是白已众说纷纭，若要对其生平和行迹做准确的查考更是棘手。有资料表明，颜回生于鲁国的贫民窟，但此后直到他随孔子游历中原前的二十四年里，资料基本空白。据悉，颜回曾游访齐、宋两国，然何时去、所为何事则一概不知。

"其实，单论颜回辞世的年纪，就有四十岁、四十一岁、四十二岁三种说法。根据现有卷宗无法确定何者可信。

"子路是土生土长的鲁都郊外下人，为孔门最年长者。他曾在鲁国和卫国任官，于哀公十五年卷入卫国父子夺权内乱，殒命他乡。以上这些皆是事实，在孔门三位高徒之中，子路的生平事迹最有迹可循。我们在一一追寻核查时，都不由感叹，不愧是子路。

"这一两年间出现了不少关于子路的传说，在街头巷尾流传，或许诸位也有耳闻。其中之一，是说子路之母感雷精而受孕，生下子路。因此，子路心性率直，不矫饰，不伪装，是个行动派。

"下面说说子贡。子贡的生平也有诸多含糊难辨之处，恍若深锁于浓雾之中，不过还是能透过雾障略窥一二。子贡是卫国人，出生地不明，比孔子小三十一岁——子贡曾亲口对不少人提过这些，应当可靠。子贡以能言善辩为人称道，应当是个头脑明晰的人才。他曾在鲁国和卫国任官，因擅长处理外交事务而颇负盛名。

"谈起子贡，不得不提他精通经商之道这一点，曾有天下金银皆入子贡囊中的说法。目前，一些周悉此事的人正在进行调查，以证并非虚传。据悉，孔子浪迹中原、周游列国的旅费、葬礼筹备，以及众门生守丧三年期间的大笔花销，皆由子贡承担。

"子贡殁年不详，大概是在孔子故去的二十多年后，于齐国辞世。目前，对子贡的研究似乎是孔门高徒中最为薄弱的，但我认为，不久后对子贡的研究势必成为孔门研究的中心。

"在把时间交还给东道主——孔子中原之行的亲历者蔫姜先生之前，希望以上所说让诸位对当前坊间的孔子、孔门研究者的想法、实绩等有所了解，故而我这个刚迈入孔门研究的黄毛小卒不自量力地做了粗浅的介绍。感谢诸位聆听。"

十分感谢。听闻诸君做了如此繁多的研究调查，感慨良多。颜回也好，子路、子贡也好，定是做梦也想不到大家对自己的所思所为如此感兴趣。

想必他们三人会正襟危坐，低头思忖该如何是好，表情各异，思绪万千。

当初的孔子一行人中，如今只有我这个算不上正式门生的微末之人尚存于世，在此权作代表，替师兄们感谢诸位。

真心感谢。千言万语，尽在一言。

自我加入夫子的中原之行后，和师兄们共同经历了近八年动荡不安的生活，接下来我想谈谈自己眼中的他们。

只要是人，就有所长所短，孔门高徒也不例外。但有时长处会变成短处，短处又化为长处，评价一人可谓不易。

而我的这几位师兄，正是以自己的缺点塑造人格。因此，若要谈论他们的为人，就必须拾起他们的缺点，评说他们的不足。这听起来有些不怀好意，在此先和诸君打声招呼，还望谅解。

抱歉，我要离席片刻。不知诸君可听到，候鸟正成群地掠过屋顶，由北向南飞去。

容我失陪片刻。

我已到门厅，候鸟正成群从村子上空飞过。刚飞走一群，紧随其后还有好几群正待展翅横掠。

若有兴致，请走出门厅到后门处。大批候鸟的南迁，难得一见。

从门厅也能看到，请到门厅来。啊，又有几群从对面的天际飞过来了，振翅有力，越飞越近。队形整然有序，定有领头鸟吧。

刚住进这村子的前三四年，春秋两季总能望见大批候鸟成群迁徙。但之后二十几年来，几乎看不到候鸟群了。今年不知为何，春秋之际又几次得见成群候鸟横渡上空。如此壮景，若身在鲁都怕是看不到的。

方才一听到候鸟的振翅之声，便把话题带跑了。静坐聆听的诸君也因我之故分了心神。

约莫还会有一两批从远方天际飞来，待目送完它们，我们就回归正题。

犹记得我初见候鸟群是在中原的淮水河畔。它们分为几队，有条不紊地移动着。当时，夫子和我们一同仰望天空，满怀感动地看着秋天候鸟南迁的壮观景象。我们太过入神，以至末了要用双臂夹住脖颈，才把头扳回来。这还是子路最先做了示范，我们效仿的。夫子先学样扳正，再是颜回，之后是子贡。

四十多年转瞬即逝，那已成为久远的往事。当初一起抬头仰望候鸟的一行人，如今只余我一人存于世间，在这里又一次看鸟群横渡苍穹。

二

诸君围绕子路、颜回、子贡讨论兴致正浓时，我突然打岔说起候鸟而搅了各位的兴致，十分抱歉。

接下来按照约定，由我蔫姜来谈谈对孔门第一代高徒子路、颜回、子贡的看法。

鲁哀公三年（公元前四九二年），我加入在中原云游的孔子一行，逐渐融入孔门。随夫子回鲁都后，我一直随侍在夫子身边，直到他辞世。

颜回和我相交十一年，他在回鲁都不久后便病逝了。子路在卫都殉道，我和他的交情有十二年。孔门三高徒中，听闻子贡在夫子故去后尚在世二十一年，但自从三年守丧期满之后，我就不曾见过子贡，如此算来，我和他的交情有十六七年。

之前提过，在孔门之中，我只能算个干粗活的杂役，不敢高攀孔子门生之名。只是如今同子路、颜回天人永隔已有三十余年，我在此提出想和他们以师兄弟相称，他们应当只会备感怀念，不会怒目而视吧。

诸君称师兄们为"第一代高徒"，夫子则唤他们为"从我于陈蔡者"。接下来我愿将个人对他们的看法坦诚相告。

今日在座之中，颜回的追随者最多，就先谈谈颜回吧。

初遇颜回时，他三十岁，我二十五岁。虽仅相差五岁，他的人格和教养实非我所能及，中间仿佛隔着浩渺大海。

从遇见三十岁的颜回直至他四十一岁英年早逝，这十一年的交往中，我视他如无边大海、无尽高山。

一言蔽之，颜回生来才思敏锐、心地纯良，上苍赋予了他高士的风范。

颜回敬夫子如父，从心底里尊敬夫子，为追随恩师脚步，他刻苦勉学、孜孜思辨、修养己身，在短暂的一生中埋首精进学识。如此意志可谓卓绝，非旁人可效仿。

颜回将这份心意写进了赞颂恩师的诗文中。方才有一位夫人诵读过，在此请允许我再诵读一遍。每当吟咏此文，眼前便会浮现出颜回那终日蹙眉苦思、称得上俊逸的专注脸庞。

　　　仰之弥高，钻之弥坚。瞻之在前，忽焉在后。夫子循循然善诱人，博我以文，约我以礼，欲罢不能。既竭吾才，如有所立卓尔。虽欲从之，末由也已。

孔门英才颜回的心境是如此美好炽热。尊师重道，正当如此啊。

颜回发愤苦学，一刻也不敢懈怠，奉行着夫子教导的一切。即使再辛苦也不露丝毫疲累之色，时刻严厉地鞭策自己，贯彻至纯至净的生活态度。

遗憾的是，我几乎不知夫子对这样的颜回有过怎样的评语。

只有一事或可略见端倪，那是颜回离世后的事了。鲁哀公问夫子众门生之中谁最好学，听闻夫子这样答道："有弟子名颜回，好学不倦，不迁怒于人，不犯同样的错误。可惜短命早逝，再没有这般好学的人了。"

听到夫子这番话，颜回在九泉之下也能瞑目了。

颜回离世后，子路也同我讲过一事。某日，子路和颜回在夫子身旁侍奉，夫子让他们说说各自的志向。

当时，子路说："愿将车马衣裘同友人共享，即使用坏了也不生气。"

颜回则答道："愿能做到行善事不宣扬，遇苦事不推给他人。"

夫子听了两人的话，颇感欣慰，也道出自己的志向："我愿做一个让老人安心、朋友信任、年幼者爱慕的人。"

颜回的逸事中，有一件最打动我，事情发生在我遇见孔子师徒之前。孔子一行曾在匡地遭遇暴徒袭击，混乱中颜回掉队了。众人忧心不已，所幸颜回最终赶了上来。

当时，夫子对颜回说："颜回啊，我以为你死了，没想到还能见面。"颜回答："夫子尚在，我岂敢去死呢？"

每当我想起这段对话，眼前便会浮现夫子和颜回面对面确认对方是否安好的画面。他们既是师徒，也如父子。互诉关切之景如此情真意切，似非世间应有。

此刻我向诸位描绘这情景时，夫子和颜回的身姿赫然在目。虽心知是奢望，但我多么希望自己当时也在场，亲眼见证那番真挚美好的交谈。

我甚至想，若能亲眼看到当时的两人，定会觉得不枉此生。生逢乱世，能怀有此番感慨是多么难得。

夫子有关颜回的言论中，还有一句同样令我十分触动。

颜回离世后，子路等一众孔门弟子隆重地安葬了他。葬礼结束后，夫子对身旁的人说："颜回视我为父，我却不能像对待儿子那般为他举办葬礼。葬礼应低调简朴，不该铺张！"

夫子此言中透露出对爱徒颜回之死的深切悲痛，那份悲痛正静静地、严丝合缝地将他笼罩。

颜回出身寒微，夫子是想站在生父的立场，依礼制得体地为他送葬，让他不受惊扰地安息吧。

虽说此事也是从他处听闻，但夫子和颜回至诚至美的师徒情谊已深深感染了我。

夫子和颜回师徒莫逆，但颜回是否为众门生中夫子评价最高者，以及夫子可曾打算在自己离世后将后事托付于他，这很难判断，不能混作一谈。

若有人提出上述问题，或许夫子会这样回答："当然，我对颜回赞赏有加。一个时代里，颜回这样的才俊屈指可数。但说到托付身后事之人，应另当别论。颜回此人凡事太'过'，过于聪慧，过于纯粹，过于努力，过于苦学。因此，颜回并非托付后事的最佳人选，他是开辟前人未行之路的独行者。"

我认为，夫子在颜回离世后叹出那句"天丧予"，并非因后继无人感到悲哀和绝望，而是想到一个本应在自己逝世后，青出于蓝，治理这乱世的杰出教育家、思想家、哲学家就这么英年早逝，感到莫大的惋惜和绝望，故而扼腕长叹。

这便是颜回。那么除夫子之外的其他人又是怎么看待颜回的呢？

旁人眼中，颜回总是在分秒必争地奋斗、苦学、努力，因此他看起来时而痛苦，时而艰辛，时而拘束。这跟爱憎分明、率性直言的子路不同，不如子路那般自然洒脱、豁达有趣。

就待人接物来说，也是子路随和亲切，更为平易近人。不光是我，其他人也有同感。

子路年长颜回二十岁，本不应相互比较。但子路从未给人年龄上的差距感，让人意识不到他是孔门年纪最长的弟子。由此可见，子路的为人处世可谓滴水不漏。

而颜回呢，其为人处变不惊，即使在最艰难时，也从未见他面露困苦之色。但对子路来说，这或许并不值得肯定。

不过据我所知，子路从未说过半句否定颜回的话。这正是子路在人品上值得称道之处，当然，也因颜回处世稳妥，教人心服。

刚才监事告知，颜回研究会的诸君以及几位颜回的追随者有若干问题，我很乐于回答。不过我们还是先按原定计划接着谈子路和子贡，等讲完后再来回答。

　　那么，颜回的话题就先说到这儿，接下来谈谈子路。一说到子路，我脑海中便浮现出一行人在陈蔡荒野饥肠辘辘、如幽魂般蹒跚走进陈国边境那小土屋村落的情形。

　　在寒舍举办的第一场集会上，我曾提及当时的故事，在座可能有人听过。

　　那是四十三四年前的事了。那时，我们已在陈国生活了三年，因陈国突然沦为吴楚两国争霸的决战场，我们不得不迅速离开陈国，前往遥远的楚地负函。事情就发生在去往楚国途中。

　　当时，众人长途跋涉，饱受饥饿之苦，苦撑着走进陈国边境一个小村落后，便纷纷仰倒在开着桐花的宽阔的池塘边，饥肠辘辘，筋疲力尽。

　　彼时，子路站起身，踉跄着向夫子走去。夫子未与我们坐在一处，相隔少许，正拨琴弹奏。

　　子路打断道："君子亦有穷乎？"言语中似有怒气，或许他当时真的愤愤不平。

　　"君子亦有穷乎？"子路又问了一遍。

夫子闻言放下琴，看着子路。"君子固穷，"接着，夫子用令众人为之一振的洪亮声音说道，"小人穷斯滥矣！"

夫子此言一出，众人都不觉端正了身姿。而闻之如醍醐灌顶、最受振奋的当数子路。只见他在场地中央张开双臂，悠然跳起舞来。

听闻夫子口中"君子固穷"和"小人穷斯滥矣"二言，子路被其中蕴含的蓬勃生命力深深触动，除了展开双臂有节奏地摆动身体翩翩起舞，他想不出更好的回应方法。

我很喜欢那时的子路。此后也一直为他的人格魅力所倾倒。

子路聪敏俊逸，激情澎湃，有着纯粹而强大的生命力。

子路历经挫折，这很大程度上与子路特有的思考和行事风格有关，很难评价褒贬，夫子给予了他或温柔或严厉的教导。虽说是受挫之事，其间无不饱含夫子对子路的爱护之意，不妨称之为趣事笑谈。

子路年轻时原是市井无赖，浪子行径，看不惯夫子，便书一简上门挑衅，不承想为夫子伟岸的人格和高洁的品行所折服。

所以子路的受挫事迹不仅可作笑谈，其中也透着夫子和子路的友情、师徒情，以及两人思想、人生观的碰撞交融，是我们查考研究时难能可贵的资料。

想必诸君也从各方收集了不少相关资料，希望有机会能举办一次公开这些资料的集会，届时我也定会从中受益良多。

说了不少子路的事迹，接下来想更深入谈谈我平日里关于子路的所思所想。

子路、子贡、颜回三人各有所长，是孔门第一代高徒。他们三人中，究竟谁最得夫子欣赏呢？

在中原陈国、蔡国的旅程中，我就经常思及此问。多年后的今日我仍会不时想到。

就个人而言，这些年里我得到的答案是，最得夫子之心者非颜回，非子贡，而是子路。

倘若问夫子为何最喜爱子路，或许夫子会这般作答："不知道他什么时候就会失了性命，所以必须盯着他。"

而夫子离世后，会将后事托付给谁？若不是颜回，看来必定是子路了。

不过，夫子或许会这样婉拒："没办法把后事托付给子路。待我嘱托后事之时，恐怕他已经不在了吧。子路是为了正义，随时随地可献出生命之人啊。这样的人，有几条命也消耗不起。子路就是如此。"

是啊，子路这样的心性，幸得拜入孔子门下受管护，才得以无恙地活着。若是离了夫子庇护，放任他到世间闯荡，怕是有再多的命也不够用。

这是我的想法，相信夫子也是如此考量的。事实上，夫子稍不留神之际，子路就在异国他乡为心中大义毫不犹豫地舍弃了独一无二的生命。

夫子又如何能将后事托付给这样的人呢？别说托付后事了，为了保全子路的性命，夫子尚不得不处处周到、万分留神。

夫子喜爱子路，我也喜爱子路。在浪迹中原的后半程，自居于卫都起，因劳务之由，我和子路见面交谈的机会变多了。子路生性热情，毫不见外，把我当成同门师弟一般对待。

夫子曾憾言，他最终没能护住子路。我亦是如此，没能保护好自己最喜爱的师兄，终究让他失了性命。

之前也提过，同为孔门弟子的子路和子羔去异国任官，当听闻该国发生内乱时，子曰："柴也其来，由也死矣。"正如夫子所料，子羔安然无恙地回来了，子路却再也没能踏上鲁国故土。夫子到底没能以一己之力护住子路性命，自那时起，夫子开始了人生中最为孤寂的岁月。

失去了最喜爱的弟子，夫子该是多么寂寞啊。第二年，夫子就像去追寻子路一般，与世长辞了。

关于子路尽管还有诸多事未谈，此刻就言尽于夫子对子路的喜爱最为外露之际，让我们将话题转向子贡。

今日席间是有两位子贡的研究者吧。在孔门第一代高徒中，子贡最为低调无华，好像也没什么人气，非常不起眼。

但对我蒍姜而言，孔门三位高徒中我最熟悉的就是子贡。我们曾一起在夫子墓旁守丧三年，其间听过多次子贡关于夫子的讲学，言语质朴却十分扎实。

一晃三十年，高徒中最长寿的子贡如今也故去了。

随着年岁渐长，我越发觉出子贡的好。为何会有这般感触呢？本不该在此中断，无奈四周薄暮渐拢，天色暗下来了，不妨下次再细谈我对子贡的看法。今日先把我的结论告诉诸君。

不知从何时起，子贡将侍奉夫子认定为自己活在世间的意义，怀着巨大的信念，将其视作比自身学习、修养更重要的使命。

子贡将数十年的人生意义系在了夫子身上。我无法判断这样的选择是对是错，或许子贡自己也没有答案。

入此深山后，我也是近五六年才意识到子贡做出了这样的选择。彼时，夫子和子贡都已离世。

此刻，坐在这茅屋的炉边，我想起关乎子贡的种种：将毕生奉献给夫子的子贡，秉持始终如一信念的子贡。他的脸庞浮现在脑海中，神色坚毅，令人敬畏。

子贡承担了夫子生活上以及孔门的诸项花销管理，将其视为己任。

子贡以擅长经商而为人知，或许也因此遭受异样的眼光。但要我说，无人能像子贡那般，将理财经商的才能发挥到极致。

子贡在夫子故去后，为他举办了盛大的葬礼，还承担起我们七十人长达三年的守丧开销，在当时简直不敢想象。这些均是我亲眼所见。

在此，我由衷提议，希望诸君能多多收集子贡的事迹，将子贡研究发展壮大。

可以说，有了子贡的史料，就等同于得到了与夫子最直接相关的一手资料。

我在夫子墓旁守丧的三年间，受到子贡关照，和他多有接触，因而手上有一些他的资料。

子贡向夫子请教时，从不掺杂主观臆断，总是秉持着端正的态度，如实记录夫子的言论。

他面对夫子时，几乎都在提问求解，将自己完全匿于学问背后。

"何为君子？"

"何如斯可谓之士矣？"

"何为士？"

"何为仁？"

皆是提问，偶尔表述自己的想法也是想以此为饵，引出夫子高见。子贡从不显露自身，只忠实地祖述师说。

三

外面已暮色沉沉。方才短暂休息时，我收到了在座者的两三个问题。

尽管天色已晚，监事刚刚告知说集会继续也无妨，我可以解答一下手头的问题。

需要返回鲁都的诸君若没意见，我自然也没问题。今日收到的问题今日作答，爽快利落。

那么，关于孔门高徒的话题就先告一段落。现在我来回答方才收到的两三个问题，作为今日集会的总结。不过我蔫姜才疏学浅，诸君的提问颇为深奥，于我而言皆是难题，想必会有诸多回答不周之处，还请见谅。

第一个问题上罗列了二三十位孔门弟子的名字，问我认识其中几人，希望我对其做出坦率的评价。

这对我来说并不容易，姑且先为诸君念一遍问题中提到的人名——樊迟、子游、子张、冉有、宰我、南容、公冶长、子贱、仲弓、漆雕开、公西华、有若、原思、闵子骞、冉伯牛、澹台灭明、子夏、巫马期、牢、颜路、曾参、子羔、曾点、司马牛。

我听过其中多数人的名字，知道他们是孔门称得上名号的弟子，不过有许多不曾见过，说不上了解他们。

这些孔门弟子中，我认识的有一半。不过，虽说认识，也只见过几面。要说有交情、能道出一二来的，估计只有这半数中的半数。

而这之中，我诚心希望诸君了解其为人的，又要折半。如此一来，最终也就余两三人了。

所以，恕不能满足所愿。不过待下次集会，谈完第一代高徒子路、子贡、颜回后，我会从这份名单中选取两三位熟悉的孔门才俊介绍。至于所询之事，尽管监事意在今日答毕，我还有一些待查证之事，望给我一点时间，留到下回再作答。

此外，这份名单里或许也有人和我一样，在夫子故去三十三年后尚在世。

而和我蔫姜不同的是，他们都是货真价实的孔门才俊。通过他们，能了解到夫子晚年在鲁都讲学的情形，以及孔子门生自然衍生出的若干流派和各自的动向，等等。这不正是活生生的资料吗？

当然，诸君搜寻的资料已相当细致，想来也不会有遗漏。只不过方才看着手中的这份孔门弟子名单，一时感慨万千，不由多说了几句。

下面一个问题：若要选"孔门十哲"，有哪些人可当选？这同样是个难题。

提问者认为孔门第一代高徒子路、子贡、颜回三人是毫无悬念的。颜回德行高洁、子贡能言善辩、子路有政治才能，理当入选十哲的前三位。关键在于剩余的七人该如何选择。

这个问题难解且至关重要，我无法当场给出答案。请容我思考一番，待下次集会时回复。不过，就算留到下次，我也无法保证能给出对诸君有助益的答复。毕竟比起我个人，着眼于孔门整体研究的诸君之判断才更准确吧。

好了，我手上还有最后一个问题，是个有趣又有深度的问题，看得出提问者费了颇多心思。

下面我将提问者的原话念给诸君听。

"今日，我得到一则短文的残篇，是从废简堆中寻见的，不知作者是谁。

"闵子侍侧，訚訚如也；子路，行行如也；冉有、子贡，侃侃如也。子乐。'若由也，不得其死然。'

"通俗地说：闵子骞随侍在孔子身旁，不多言语，一派端正温顺的样子。子路直率单纯，眼里容不得沙子，做出威武的模样，好似在孤身保护孔子，颇有傲然之气。冉有、子贡坐在下位，两人一副温和快乐之态。被性格各异的弟子围在中间，孔子总是很高兴。他唯独放心不下子路，曾叹道：'像子路这般，只怕寿数难永啊！'

"这便是我从废简堆中寻见的短文残篇，蔫姜先生可知此文的作者是谁？会不会是孔门高徒中的一人？此外，文中所描述的孔子和弟子们的相处情景是否真实？我们可否将其作为一手资料进行研究？"

尽管提问者说是从废简堆中拾得，我却认为这是一份难得且很有价值的文献资料。文章写得极好，颇具画面感，并非人人能写出这样的文字。性情温和、秉事公正的闵子骞随侍在夫子身侧；子路抱臂站在不远处，摆出一副若有人敢出言不逊，绝不留情面的架势；冉有、子贡坐在对面，正额首谈笑，一派祥和。

身边围绕着这群个性鲜明的弟子，夫子总是洋溢着笑容，却还是对子路放心不下，感叹"像子路那般，恐怕不能享尽天寿"。讲学馆内一派欢欣的气氛，唯有此事让夫子心中烦忧。

读罢此段文字，我眼前久违地浮现出在鲁都讲学馆某室中，众人围坐在夫子身边聊天的美好情景。夫子盘腿坐在最上位，孔门高徒分别坐在左右两侧，有正襟危坐的，也有斜身侧倚的，偶有金钟石磬悬于中央。

仅是坐在那里，便觉心志昂扬，身心得到洗涤。众弟子围坐夫子身边，希望能从夫子口中听到惊世警言，即使夫子什么都不说，弟子们也不会失望，仅在一旁忖度夫子心中所思就已心满意足。夫子就是有这样巨大的人格魅力。

让我们回到"闵子侍侧"一文是何人所写的问题。依我浅见，这简牍上的段落或许是誊抄了子贡的文章。如方才所述，子贡是全心全意侍奉夫子的孔门高徒。

若细看此文，可在字里行间感觉到，此乃子贡诚心为夫子而书。文中写道，夫子担心子路"不得其死然"，这句话对于我们理解夫子十分重要，而能把这句话写进文中的只有子贡。或许这也是子贡初次将自己写入文中，将自己置于旁观者的位置。

文中没有提到颜回，想来那时颜回已经去世了。

子贡在文中赞誉闵子骞"訚訚如也"，那我就顺便补充一句。对这位比我年长二十余岁的孔门高徒，我也抱有好感。他是孔门举足轻重的一员，为人刚正不阿，而且十分孝顺。

先讲到这里，诸君有什么想说的吗？

那边有人举手了，若有疑问，请讲。

"听了您的一番讲述，想象闵子骞、子路、冉有、子贡一众高徒聚在夫子身边的场景，饶有趣味。想必蔫姜先生也参加过这样的座谈——围坐夫子身边的讲席或师门欢谈小叙，能否请您最后谈谈类似的亲身经历？"

好的，容我想想。那我就浅述几次相关经历，以此结束今天这场一再拖延的集会吧，不知能否满足这位小友的期待。

各位是想听我描绘一番夫子传道解惑的讲堂情形吧。可惜我到底不算孔门的正式弟子，只在角落里听过几回。

当然，是我自己有所顾虑，不想引人注目。可能夫子也未曾特别留意我在场与否。

不过有时，若夫子看到我也在，便会问我："你对刚才的问题怎么看？得空时来交谈一番，愿闻蔫姜的想法。"

每当这时，看着夫子的面容，我不由会想，为了眼前的夫子，做什么我都心甘情愿、万死不辞。夫子就是这么温柔。难怪众多门生都甘愿为他赴汤蹈火。

回到方才的问题。我来讲一次完整亲历的讲席吧，不知能否满足期待。

那应该是我们结束中原之行，回到鲁都后的第二年。

此事后不久，莫大的悲剧向我们袭来，伯鱼、颜回、子路以及夫子相继离世。但彼时尚风平浪静，没有一丝预兆。

初春某日，讲学馆面向庭院的一室中，子路、曾点、冉有、公西华围坐在夫子身旁。

那天颜回和子贡不在。或许是夫子一时兴起，突然将当时在馆内的弟子召集了过来。

春日的阳光铺在宽广的庭院和敞开的缘廊上。有一瑟置于靠近缘廊处，曾点鼓之。

我不想打扰他们，便坐到庭院下方的末位。

那应是结束中原之行回到鲁都的第二年春，彼时夫子六十九岁，子路六十岁，曾点大概五十岁，冉有四十岁左右，公西华三十岁上下。我当时三十四岁。

众人各自坐定。

"今日天气很好。"夫子道，"想问你们一个问题。若为官从政，首先要做什么？想做什么？"

子路一如既往抢先道："一个有上千兵车的国家，夹在大国之间饱受敌军侵略，饿殍遍野。若交由我治理，三年之内，必能振奋民心，让百姓找到各自的生存之道。"

冉有则答："若让我治理一个方圆六七十里或五六十里的国家，三年就可让百姓丰衣足食。至于修明礼乐，则须寻访贤人君子加以委任。"

公西华称希望为宗庙祭祀出力，符其少年俊才之名。

随后，夫子看向正在鼓瑟的曾点，问道："点，你呢？"

曾点闻言停下乐声，端正坐姿道："我不似诸君胸怀丘壑。欲行之事，乃暮春时节着春日衣衫，携五六成人，六七孩童，去沂水河畔祓禊去灾，在祈雨的高台上放声高唱，一路载歌而归。"

夫子听后，立刻道："甚好，我赞同点的想法，我也想这么做！"

我听完曾点所描绘的场景后也不由赞叹，心向往之。

待众人离去，夫子叹道："子路、冉有、公西华都说了自己的抱负，皆有理有据，非常出色。点之所言虽无凌云壮志，但独得我心。那样不是很快乐吗？我迫不及待想这么做了！若举国上下一片欢腾，旱灾也能早日结束吧。"

以上便是我亲历的一场夫子的讲席，不知诸君听得可尽兴？

有人举手了，请。

"方才蔫姜先生所述的夫子讲席精彩无比，万分感谢。我们得以领略孔门风采：师徒同心，共同探讨一个问题，得出发人深省的结论。不愧为夫子，不管是作为教育家还是思想家，都有着独到之处。我对夫子的此类讲席抱有很大兴趣。不过只有夫子在场的讲席才会如此不同凡响，若那集会的中心人物不是夫子，即便有心举办，怕也无法进发如此精彩的对话。

"我们这些来参加集会的人，大家都致力于收集夫子言论并加以准确的注解，以期能够触及言论中所蕴藏的生命力。

"这种探索方式自然可行，但绝非最理想的研究方法。想必诸君都知道，夫子讲学并非展示自身的学识，也不是分配或强行灌输知识，他总是把自己置于议题提供者之位，从当下情境中取材，并将自己融入其中，有时将听讲的门生也一并拉入情境，共同思考讨论。

"就像今日我们探讨的'闵子侍侧，訚訚如也'，以及方才所提着春衫，去沂水祓禊去灾一事，这些话语中都有夫子的身影。

"我想说的是，全心全意收集夫子的言论并非不可，但是，我们至今为止在集会上研究夫子的态度和推进方法，或有些许值得商榷之处。

"当然，不是说今天当场就要做出改变，也不必更换主事和成员，只是我们需要更专注而恭顺地从收集来的资料中体悟夫子的思想。不然，光是停留在资料表面，收集得再多也无法理解夫子的伟大。"

请允许我打断这位小友的发言。外面天已完全黑了。此刻正谈到孔子研究中收集资料的基本方针有待商榷，依我之见，不如将此作为下次集会的议题，如何？

如今夫子去世已三十多年，对夫子语录的收集已相当可观，相关逸事的整理想必也接近尾声。若诸君不嫌这深山寒舍，愿与君共议这方面研究事宜。

入夜时分，没能设宴招待，不周之处还望见谅。在星空下听夫子讲学也是一桩乐事，如今想来，那已是四十多年前或更久远之事了。

"请问，您方才提到夫子曾在夜间开设讲席，是否可以理解为，弟子曾于夜晚围坐夫子身旁进行学问探讨？"

是的，夫子曾在夜间讲学。其中大多是在浪迹中原途中，我们围坐在夫子身边，仰望着夜空，举行座谈会，也可以说是杂话会，那真是别有情趣。

"您能简单谈谈别有情趣在何处吗？是何时因何契机促成的集会，探讨什么话题，夫子得出了怎样的结论？"

好，那就最后同诸君讲一讲我们在负函的某一晚围坐夫子身边所做的一番探讨，作为今日集会的结语。

浪迹中原途中，我们离开陈都前往楚地负函，并在那里居住了一段时间。我要说的便是在负函期间某个晚上的事。那天，夫子把我们唤至他居所的庭院里。居所位于高岗上，宽广的庭院有一段缓坡，向下延伸至大平原。大平原上是一片宽广的水域，水面波光粼粼，在月亮银白光辉的照耀下翻滚奔涌。

水域中星光璀璨，夜空则镶嵌着数不胜数的星子，浩瀚无边。

我们和夫子长久注视着夜空的一隅，北方天际闪着星光，令人不禁入迷。

"北辰居其所，而众星……"夫子咏道。从方才起，他已喃喃了多次，"北辰居其所，而众星……"他好似在思索后半句该怎么接。

"北辰居其所，而众星围之。"子路道。北极星安然居于它所在之处，其他众星则各司其位，将其围在中间。子路是想表达此意吧。

子路说完缓缓起身，张开双臂，像是陶醉在自己的话中，兴奋地手舞足蹈起来。

夫子和我们默默注视着他，待他尽情舞蹈后坐回自己的位子。

"北辰居其所，而众星迎之。"子贡道。北极星居于它所在之处，其他繁星彬彬有礼地迎接它。此解颇具子贡的风格。

子路坐在原地，两手伸向前，替子贡做出众星恭迎北极星的姿势。

"北辰居其所，而众星捧之。"颜回道。北极星居于它所在之处，其他繁星拥护敬仰着它。确实是颜回的风格。颜回端坐着，面朝夫子所在的方向深深俯首，久久不曾抬起，仿佛夫子就是那颗北极星。

"北辰居其所，而众星共之。"子曰。子路、子贡、颜回一时无人出声，默默琢磨着夫子所言之意。"众星共之"，有何深意？

"北辰居其所，而众星共之。"夫子重复道，目光扫过众人，"或许我的想法有误，或许谬之千里。不过在我看来，北极星居于正中，其他星辰都环绕着它运行。不知是否确实如此，但我是这么想的。"

我们被深深触动，一时间说不出话来。

"若真是环绕而行，那便是'北辰居其所，而众星共之'为佳。我们无法想象的浩瀚庞大之事物，正在这星辰、这夜空中运转。"

夫子此话一出，我们一同仰望夜空。我蒉姜自不必说，子路、子贡、颜回三人恐怕也无法参透夫子话中的深意。

此刻，夫子正沉浸在我们从未有过且无法触及的庞大思考之中。我们只隐隐察觉，夫子正将自己投射到宏观的时空里，思索着生而为人的问题。

"'北辰居其所，而众星共之。'甚好，甚好，就取夫子此言吧。"

　　子贡话音刚落，颜回便悠然诵读起来："北辰居其所，而众星共之！"念罢，颜回双手掩面，覆眼而泣，"夫子就在此处！我们环绕于夫子身旁，恩师教诲，没齿难忘！"颜回起身离开庭院，向大平原、大水域走去。他陷入莫大的感动，沉浸其中，久久无法平静。

　　相较颜回，子路看起来格外平静。"我们始终环绕在夫子身边，拥戴、敬仰夫子，恭迎着夫子走到今日。今后，我们更要虚心地环绕在夫子周围，谨记夫子的教诲。环绕即付诸行动，我们要将夫子的教诲传遍中原各地。"

　　那一夜，孔门弟子都心潮澎湃。夜空澄澈高远，群星闪烁，我们在负函这个人为营造的小城中，看到了不似存于世间的美景。

　　好了，故事讲完了，不知诸君听得如何？这便是我亲历的一场夜间讲学，亦可称为座谈。

第四章

一

能同孔子研究会的诸君再次相聚于此深山寒舍，不胜欣喜。

原本翘首以盼定于春日举行的集会因暴雨不得不取消，后又被我出行之事耽搁，以至推迟至今。记得去年秋日的集会上，我们一同见证了候鸟南渡。时隔半年相聚一堂，望诸君多多分享孔门研究的成果，定将洗耳恭听。

上次集会曾收到几个提问，允诺在本次集会给予答复。我已整理好思绪，等午歇过后再谈也不迟。不如先进入今日集会的新主题。

我的开场就到这里，接下来有请监事发言。

"欢迎诸位，我是今日集会的监事。时隔许久，终于得以再次在这个不染尘嚣的僻静会场和蔫姜先生一同探讨研究。方才承蒙蔫姜先生的隆重介绍，愧不敢当。

"今天与会者共三十五人，皆是鲁都孔子研究会大本营的老成员。我了解到，今日到场的诸君在自己的研究领域都有想请教蔫姜先生的问题，遗憾时间有限，只能事先归结要点，由几位代表发言。希望蔫姜先生慷慨解惑、指点迷津，相信今日定会有许多精彩的思想碰撞。那么，蔫姜先生指导下的研究会现在开始。

"请第一位成员发言。"

"这是我第一次参加蔫姜先生组织的集会。我是鲁都孔子研究会的一员，近几年，我和几名同好专注于研究孔子暮年时侍奉在他身边的弟子，收集他们的资料。

"近日，无意间接触到一则称得上间接和孔子相关的重要资料。这则资料并非孔子的言论，但无疑是其弟子所言，只是无从判断出自哪一位之口。我想在此邀诸君共赏，并请蔫姜先生谈谈对此的看法和感想。

"'子不语怪力乱神。'就这短短一句，没有前言后语，仅此七字；也并非删去了前后文，而是从一开始，这句话就只有七个字。'夫子从不谈论怪、力、乱、神。'

"这句话可以说将孔子身为教育家的基本主张和育人初衷展露无遗。想来是侍奉在孔子近旁、时时观察夫子言行的弟子所言。

"敢问蔫姜先生对我等搜寻得来的孔子资料——'子不语怪力乱神'这一短句有何评价？还望先生就其中内涵不吝赐教。"

感谢这位小友提供了如此珍贵的孔子研究材料。既如此，那我就在此谈谈拙见。

子不语怪力乱神。尽管不知此话出自何人，文中的描述却没错。我所认识的夫子从未谈论过怪、力、乱、神。

从这点来看，正如方才这位小友所说，短短一句便一针见血道出夫子身为教育家的本心。仅凭一言，就勾勒出夫子的一身凛然正气。

方才有人举手，希望能够逐一解说怪、力、乱、神的含义。

这本应由提供资料的小友来解答，不过正好问到我，我就借这个机会略叙己见。

子不语怪力乱神，或可解释为：无论在讲学馆还是在平日的交流中，夫子从来不会提起有关怪、力、乱、神的话题。

现在应提问者的要求，我来逐一谈谈怪、力、乱、神。

依序首先从"怪"谈起。

依我所见，怪异、猎奇等各类不寻常的事物都包含在"怪"字之中。妖怪、魔鬼、幽灵、鬼魂，都属于"怪"。不知为何，世人格外热衷于谈论此类话题。然而，夫子从不触及"怪"的话题。据我所知，夫子不谈，我们也从未在夫子面前提起过。

其次是"力"，即暴力、蛮横、匹夫之勇等，夫子也不曾谈及。夫子不认同一切通过武力施压解决问题的手段，有意避而不谈。

接下来是"乱"，指悖德、不伦、弑君篡位、反叛等破坏秩序、违背良俗的行为和事件。夫子从未谈论过，也不屑提起。

最后是"神"，想来是指亡者之灵、天地神明。对此等应以虔诚之心对待的神灵，夫子采取敬而远之的态度，或许是想尽可能避免被其灵力和神秘感夺去心魄吧。

由此可见，夫子总是冷静克己，不认同也不去靠近那些会让人丧失理性思考能力的事物。

一言以蔽之，无论在什么场合，夫子从不谈论怪、力、乱、神。

以上是我蒍姜个人的想法和理解，或有不当之处，免不了要被夫子指正。

当然，分享这份资料的小友若有不同理解，愿闻高见。

关于怪、力、乱、神的讲解就先到这里。诸君有什么问题吗？请。

"感谢蔫姜先生对我们手头的资料进行如此中肯的解说，受益良多。

"我们得出过和蔫姜先生差不多的解释，只是我等不曾恭听孔子的教诲，所以不敢妄自揣度孔子的想法。

"今日对我们来说十分特别。除了我，还有两个同伴作为代表出席。等我们回到鲁都，会立即召集其他成员，将今日蔫姜先生所言详尽地复述给他们听。

"至于我们今后的研究主题，自然会是'子不语怪力乱神'此言究竟是谁在何等情形下所说，是否已存世数年或数十年之久。届时调查事宜还须仰仗各方相助。

"我的发言到此为止。下一位，请。"

"那就根据先前定下的顺序，由我来发言。时间宝贵，进入正题前，我就简单介绍一下自己。我已连续两次参加蔫姜先生指导的集会。上次集会，在蔫姜先生的讲述中领略了孔子作为教育者的风采，夜半集会结束后，我沿溪谷下山，一路心情酣足无比。半年后的今日，有幸再次参加集会，重温当日的充实和幸福。

"我在鲁都的研究会成立之初便加入其中，现在已然是其中的老人了。不过和蔫姜先生相比还年轻得多，希望能投身孔子研究，直至先生这般高寿。

"回想研究生涯，往事拾遗。子曾曰：'凤鸟不至，河不出图，吾已矣夫！'十几年前，这句话在鲁都研究会引发诸多议论。关于此言论是否出自孔子之口众说纷纭，经几番探讨也未有定论，如今早已无人问津。

"我今日来此的第一要务便是想请教蔫姜先生对'凤鸟不至'这句话的高见。

"不过，在请蔫姜先生发言之前，我想先回顾一下迄今围绕这句话展开的探讨以及悬而未决的问题，仅供参考。

"子曰：'凤鸟不至，河不出图，吾已矣夫！'

"夫子道：'圣人天子临世之时，凤凰将飞来显示祥瑞之兆，亦有神龟或龙马背负记载治国安邦之法的瑞图跃出黄河。但如今凤凰不出，瑞图不现，可见世上无明主，我此生亦无望了。'

"对于这句始于'子曰'的孔子言论，有两种截然相反的观点。一种表示既以'子曰'开头，毫无疑问是孔子亲口所言，无可辩驳；另一种则认为虽有'子曰'，但后一句'吾已矣夫'，我此生无望了——这种自艾自怜之语，不似出自孔子之口。

"此外，还有一种观点，即尽管很难相信孔子会说出'吾已矣夫'，但视前文短短四言中博引凤凰、河图之典故，以及行文中所蕴含的分量和品性，是除孔子之外他人无法效仿的。

"不知蔫姜先生持哪种观点？您曾与孔子朝夕相处，想来对他十分了解。若要裁决这一难题，没有比您更合适的人选了。"

这真是个耐人寻味的话题。为让夫子的语录准确无误地传世，诸君所耗费的心力，我感同身受。

尽管不知有没有参考价值，关于这引起争议的"凤鸟不至"一句，我仅将个人理解如实陈述。

我初闻"凤鸟不至"要早于诸君许久，那是在夫子故去后，我们于他墓旁度过的三年守丧期里，记不清是头一年还是第二年，总之是距今三十多年的往事了。

那时，弟子们几乎每晚都会聚到墓旁子贡的厢房中进行探讨，力图准确还原夫子生前的言论。有时我也会去旁听，但当时还沉浸在夫子离世的巨大悲痛和打击中，从不参与，只是远远旁观。我在那时第一次听闻"凤鸟不至"一言。

如今想来，当时孔门弟子既已提起"凤鸟不至"并加以探讨，那必定是夫子所言了，而且应属夫子晚年的言论。这句话在夫子去世后不久就被提出，或许在夫子的晚年时期已在部分弟子间传诵了。

我不清楚在当时以子贡为中心的讨论会上，弟子们围绕这句话展开了怎样的探讨。念及彼时夫子刚辞世不久，我想当时众人也只是初步明确了这是夫子语录中值得深掘的一言。

　　一晃三十年飞逝，有机会对这句夫子晚年的言论做初次阐释，今日于我意义非凡。

　　那边有人举手，请提问。

　　"不好意思，进入正题之前，请允许我问两三个问题。尽是些让人见笑的浅显问题，还望先生在发表高见前能先为小生解惑。

　　"我的问题是，孔子是如何看待凤鸟、河图这类神话传说的呢？"

　　当然，夫子很清楚凤鸟、河图都非现实所有。尽管心知所谓圣人天子降世的祥瑞之说是人为编造的，夫子也不会看轻或嫌弃。世事复杂多变，原本也不是出一两位圣人天子就能改变的。此类源于世人心中期望的传说，对世间别无妨害。我想，夫子反倒会赞叹这神话典雅不凡，不知是哪位高人才子所编。

　　"我还有一个问题。若'凤鸟不至'当真出自孔子之口，敢问是孔子晚年什么时候说的？"

若把"吾已矣夫"当作夫子的自白，不难体会出那自嘲的口吻中透着难言的寂寥。由此推断，当时夫子应是已接连承受了孔鲤、颜回、子路之死的打击，孤身一人，心头掠过一缕惆怅，于是无意之间，夫子将这份感怀与"凤鸟不至"联系到一起。如此想来，这句话应是夫子在离世那年或前一年所说。

看来没有其他问题了。那下面我就对"凤鸟不至，河不出图，吾已矣夫"这句话谈谈自己的理解。

事先说明，我认为这句话始于"子曰"，即为夫子所言，我的理解也是基于此前提。

方才说过，我初闻此言是在夫子墓旁守丧的三年间。之后的茫茫三十载岁月中，我一直认为这是夫子的言论，没有想过其他可能性。

况且以我个人之见，这是夫子所有言论中最具夫子风格的一句，十分地道。

夫子的面容已然浮现在我眼前，他缓缓启口，道出"凤鸟不至，河不出图，吾已矣夫"。说完，他也不作解释，静坐不语，像是在问"方才的话，你们怎么看"，等待在场听者发言。

我并不在场，这都是我的想象。当时，夫子可能顿了顿，又说了一遍"吾已矣夫"。夫子若是满意某一句自己说过的话，常常会重复一次。

照常人理解，"吾已矣夫"自然是感叹自己人生无望、已到穷途末路的丧气之言。但相同的话，出自夫子之口和他人之口，其语境和内涵多少会有差别。

我们叹"吾已矣夫"，大抵是已然心灰意冷。但夫子说此话时更显游刃有余："唉，我又到该说上一句'吾已矣夫'的境地了，诸位怎么看呢？"话音落下，环顾四座。

夫子虽不觉到了山穷水尽之境，无奈自己在世人眼中已是垂暮老人，算是走到了人生尽头。既然如此，总得露些泄气之态吧？

夫子便是怀着这样半自嘲的心情环视在座众人，我想，这份淡然是他独有的。这种感觉很难用言语解释，在我心里，与其说夫子不会有常人口中"绝望"这种情绪，不如说他不可能绝望。

当然，夫子也是人，想来他人生中也会有一两次面临绝境的时候，只不过他并不将此称为绝望。他把它们当作天命、上天的试炼，直面困境，坚韧不拔。这正是夫子和我们普通人的不同之处。

夫子的一生中确实有那么一两次到了叹一句我们常人口中"吾已矣夫"也不为过的境地。但若夫子真的悲叹"吾已矣夫"，门下的众弟子又该何去何从？若夫子说完便与世长辞，那么将夫子视为精神领袖的门生该如何自处？夫子在他界又该如何开解遍布中原大地的众多弟子？

子路、颜回、子贡以及夫子晚年在鲁都所收的弟子，还有我蒍姜，都是因为遇见夫子而改变了自己的生活方式，明确了人生方向。倘若夫子留下一句"吾已矣夫"便撒手人寰，自己落得一身轻，却会给后继之人带来苦痛忧愁。

因此，无论陷入怎样的处境，夫子都不曾有"吾已矣夫"的绝望心境。即便他偶尔感叹"吾已矣夫"，大概也怀着独有的宽绰。

"时至今日，不见圣人天子降世的祥瑞，那我押在圣人天子身上的希望岂不是都落空了，真是'吾已矣夫'。"

可以想见，说这番话的夫子脸色一定不是阴沉的，反而应该很明朗。夫子神采奕奕，并非觉得能等到圣人天子降世的开明时代，他自知自己那时早已离开人世。但他坚信，在不远的将来，那个光明的时代总会到来，一定会来临。只是遗憾自己不能亲眼见证。

这份信念像磐石一般牢牢扎根于夫子心底。我想，这便是夫子神情明朗的秘诀。

虽遗憾在有生之年看不到如此盛景，但只要心中所期的时代终究会来临，就算等不到也无妨。自己的努力、身后那些孔门后继弟子的努力便不会白费。如此就好，不是吗？不用惊慌犹疑。这便是夫子的心声。

夫子最伟大之处，便是从不会看轻每个人微小的努力。他怀着美好的愿景，期待人们努力创造的明天到来。

由此可见，夫子绝不是真心在叹"吾已矣夫"。若他真抱有此等心情，那也和他的事业无关。回到鲁都时已步入暮年的夫子，相继遭受了孔鲤、颜回、子路之死的打击，在巨大悲痛中孤身一人，面对垂垂老去的自己和死亡的阴影，才在人生末期有感而发吧。上苍为何要那么残忍地对待晚年的夫子呢？

二

午休回来，我们继续。方才阐述了对"凤鸟不至，河不出图，吾已矣夫"的个人理解，下午我们谈谈新的话题。

在此之前，还要耽误诸君片刻。半年前举办的那次集会上曾收到两三个提问，留待今日作答。我想先履行之前的承诺，也减轻一下肩上的担子。

上回收到的问题中，有一个尚未回答。问题中罗列了二十余名孔门高徒的姓名，问我认识几人，可否对认识之人做出坦率的评价。

我现在拿着的便是那枚牍片，在此我再念一遍其上记录的人名——樊迟、子游、子张、冉有、宰我、南容、公冶长、子贱、仲弓、漆雕开、公西华、有若、原思、闵子骞、冉伯牛、澹台灭明、子夏、巫马期、牢、颜路、曾参、子羔、曾点、司马牛。

这二十几位我基本都有耳闻，知道他们是孔门称得上名号的弟子。不过我只认识其中的一半，说是认识，也仅见过面而已。称得上有交情的，估计又要减半。而这之中，若要选出欲同诸君介绍其为人者，就得再折半了。

如此算下来，我熟识并想让诸君了解的弟子，最终只剩三四人。

第一位便是子游。

子游姓言名偃，吴国人，是孔子晚年在鲁都的弟子，比我蔫姜小十岁，方二十出头就以诚实真挚的才俊之名为人所知。缘分使然，我和子游交往颇多，我被他温和的人格吸引，折服于他的闪光之处，对他的一切充满好感。

最初欣赏子游是在夫子的讲学馆与他初遇之际。当时子游二十六七岁，是资历尚浅的年轻门生，夫子点他上台向约二十名听众阐述对"丧"礼的思考。

"丧致乎哀而止。"

丧，即哀悼逝者。将心中悲伤尽情宣泄、流干泪水即可。除此以外都不重要。尽哀即可。

我在一旁听着子游的话，他那份冷静和诚实正安静和缓地传入我的内心。

关于子游还有一事。子游二十七八岁时，年纪轻轻已是武城的长官。当然，这是夫子举荐的——从此事也可看出夫子对子游评价甚高。子游赴武城上任后没多久，某日夫子在鲁都偶遇子游，问他："可寻得干事得力的部下？"

子游答："我任命了一个叫澹台灭明的人，他从不走捷径、抄近道，无公事时也绝不会到我屋里来。"

夫子听后，欣慰于子游年少有为、知人善任，已有优秀的部下辅佐。

我从当时在场之人口中听闻这则师徒佳话，感佩之情无以言表。夫子和子游都是了不得的能人。

后来，夫子亲赴子游治下的武城，听到弦歌之声流淌在小邑中，夫子笑着对子游说："割鸡焉用牛刀？"

用治国安邦的礼乐来治理武城这个小邑，不是大材小用了吗？夫子说完这句玩笑话立刻解释道："方才是戏言，莫当真。"

听了这则逸事，我很能体会夫子当时的心情。夫子入武城后听闻丝竹管弦之声，喜悦之情难自禁，却故意对二十几岁的年轻地方官说："如此大刀阔斧作甚！"看似嗔怪，实则难掩内心的赞赏和欣喜。

夫子辞世时，我三十八岁，子游二十八岁。我和子游在三年守丧期满后便就此别过。入此深山后，我听闻子游曾在鲁都夫子的讲学馆指导了后辈们一段时间。不知从何时起，便音信全无，不知他身在何方。

子游离开鲁都后，坊间一时间流传着孔门之中对于"礼"的理解无人可与子游比肩这一说法。我学识浅薄，无法判断真假。后来，这种传闻也听不到了。岁月悠悠，已经很多年没有听人提起子游的名字了。

子游的故事讲完了，接下来我们谈哪位呢？记得在上次集会上，有位小友带来一则短文残篇，我们还对此讨论了一番。

文中描绘了子路、子贡以及与之齐名的闵子骞、冉有等一众孔门高徒围坐夫子身边其乐融融的场景。

"訚訚如"闵子骞，沉稳自持；"侃侃如"冉有，温和有礼。残篇刻画了夫子结束中原之行刚回鲁都时的孔门日常。

除子游外，我对闵子骞和冉有两人还算有些了解。

之前提过，闵子骞比我年长二十岁，是高徒中的高徒，我十分尊敬和喜爱他的人格。他不屈强权，在孔门颇具声望，他的孝行也被传为佳话。闵子骞的卒年不详，或许已离世多年。

冉有比我年长五岁，自陈都初见以来，他总是开朗热情、以诚相待，正可谓"侃侃如也"。他处事才能出众，众人对他成为政治家寄予厚望。

可惜生逢春秋乱世，即便是如此优秀的人才也难以充分施展抱负。如今，冉有也是故人了。

上次集会我还收到一个问题：若要评选"孔门十哲"会选谁？子路、颜回、子贡三人自当入榜，余下七人该如何抉择？这个问题实在太过难断，我蔫姜之流不敢妄加定夺，唯有纵观孔门全局的诸君堪此大任。

遗留问题便讲到这里，让我们回到今日的集会。哪位有新的问题吗？请自由发言。

"我作为本次集会的监事，方才休息时，同三位将于午后发言的成员商讨了片刻，决定将三人的问题集中到一个共通的主题上展开讨论。这个主题是'仁'。

"孔子的思想根源便是仁，这点是公认的。但若开门见山地问何为仁，恐怕很难有服众的答案。孔子思想的核心仁究竟是什么呢？

"我所属的仁研究会有一位同僚前些年就'孔子的人格魅力'进行了调查。在请教蔫姜先生仁的含义以及正式发言之前，想先请他做个介绍。调查所得可能和仁并无直接关联，但选取的调查对象都是和孔子有过接触的人，请他们一一列举了孔子的魅力所在。"

常怀悲悯，懂得他人的苦痛。

温柔慈祥，仁爱无疆。

事必躬亲，活得磊落真诚，令人钦佩。

相交忘年，无关乎年龄的赤子之心。

头脑明晰，学识深厚，无人能及。

始终如一、无懈可击的生活态度。

守正不挠，一身正气。

要求自己品行端正。

努力、努力、努力的人。

古今无双的道德家。

不犯同样的错误。

宽以待人，严于律己。

包容他人的胸怀如大海般宽广。

以身为烛，燃烧对芸芸众生的大爱。

威严而不暴戾。

凡出口之言必属真心。

心系天下万民直至生命的最后一刻，思考该如何匡乱世、救苍生。

"如您所见，说是调查，其实就是这些和孔子有过交集的人对他的赞誉。蔫姜先生，您对这份调查怎么看？"

十分精彩的孔子研究。夫子在不同场合下的面容，时隔许久再次浮现在眼前。

只是其中唯独缺少夫子悲伤时的面容。旅途中，夫子遇见痛失爱女或因儿子离家远行而悲泣的母亲，总会感同身受，时常泪湿衣衫。每当看见那样的夫子，我们都会自愧不如。

这份调查弥足珍贵，想来只有在孔子人格的基础上，方能孕育出刚才监事口中的"仁"。

"此番微不足道的调查，承蒙蔫姜先生的高度评价，不胜感谢。接下来能否请您谈谈'仁'以及'何为仁'？"

感谢信任，只不过我没有资格谈论仁。尽管在陈都听过数回夫子关于仁的讲学，但我资质愚笨，总是囫囵吞枣，从未真正理解过。

时至今日，我才从各方人士口中隐隐认识到仁对夫子的重大意义。夫子作为思想家、哲人的伟大和非凡之处，均和仁有关。

在夫子墓旁守丧的三年间，我们每晚都会在子贡的宅中集会，整理研究夫子留下的言论。我也是在那时开始关注"仁"一词。

每当集会围绕仁展开讨论和研究时，我总是尽量到场聆听，只是仁含义深远，我听得一知半解，云里雾里地胡乱揣度，即使三十多年后的今日也未有半点长进。

不过这些年来，我也对"仁"及"何为仁"思考良多。有一段时日，我曾坐在这炉边思索天和天命，如今思考的对象变成了仁。

以夫子生前说过的几个和仁有关的词为依凭，是也非也，绞尽我这老朽的脑汁，苦思仁的内涵。

"子罕言利与命与仁。"有人这么说过。夫子在讲学时很少谈论对天命和仁的看法，其本质想必很难触及。

面对不同听者，夫子对仁的阐释也有所不同。我记忆中夫子为数不多关于仁的言论，也因对象不同而内容多歧，让我越发琢磨不透。

因此，感谢诸君抬爱，但关于仁，恕我不能给出翔实透彻的解释。虽说我对夫子的思想"仁"不乏自己的见解，但诸君都是长年从事孔子研究的人才，我就不班门弄斧了。

好了，下面有哪位想发言吗？

"那由我开始吧。我是鲁都孔子研究会最早一批成员之一，也是仁研究小组的组长，今天和几名组员有幸出席蔫姜先生主讲的集会。

"我们原本各自备有问题，想在下午向您请教。但正如监事方才所说，因问题零碎，担心讨论的主题过于分散，因此我们商量后决定将问题重心放在对仁的解释上。

"请允许我首先提一个有关仁的文献问题。蔫姜先生，您可曾听孔子亲口谈论过仁？请恕冒昧，我今日出席这场集会，最主要的目的就是想问您这个问题。

"至今我们收集到的有关仁的孔子言论，以及包含孔子言论的谈话、讲学记录，准确来说都只能算二手、三手资料，目前我们没有收集到确凿证据可以证明那些资料中孔子确实在场。

"仁是身为哲人的孔子的思想根源，我们必须保证手上的资料是毋庸置疑的权威史实。

"所以，蔫姜先生您若曾听孔子亲口谈及或是从孔门高徒口中听过，抑或有可以佐证的依据，那将是我们可遇不可求的第一等资料。有了这些资料，仁才能焕发它的生命力，我们才有底气继续研究。

"近来，不少人将仁说得天花乱坠，但又有几分可信呢？还是需要孔子或子路、子贡、颜回等孔门高徒的亲口所言作为依据啊。"

好，那我就凭心直言自己和仁的关系吧，但愿我的回答不负所期。

初闻"仁"一词是在一行人淹留陈都的第三年春天，我最开始侍奉在夫子身边之时。那时候，夫子经常在自己的宅中向陈国的年轻官员和百姓讲授礼乐，启蒙仪典、礼法之事。每逢此时，我总是赶紧干完活前去旁听。当时夫子的讲授中让我铭记至今的，便是"仁"和"信"二字。

"'仁'字，是'人'字旁加上'二'。无论是亲子、主仆抑或是旅途中所遇素昧平生之人，只要人与人相遇，便会产生彼此都需要遵守的规矩，即是仁。换言之，就是体谅，站在对方的角度看待问题。"

对于另一个字"信"，夫子是这样阐释的："人不能说谎。凡出口之言，都不应有任何虚饰。这是世人的共识，是心照不宣的约定。人们只有相互信任，才能创造出有序的社会。人所说的话，必须是自己相信且可信的。'信'这个字正是由'人'和'言'组成。'仁''信'二字是五六百年前创造了高等文明的殷商时代所造，被刻在由牛骨削成的细板上。"

之前说起过，我蔫姜自幼被告知祖上承殷人血脉。因此，听夫子说起"信""仁"的来源，身为殷人的后代，感到些许自豪。

或许是这个缘故吧，听过夫子那么多讲述，只有这"仁"和"信"的造字渊源让我铭记至今、难以忘怀。

而我真正开始思考仁，是在为夫子守丧的三年间，在每晚子贡居所中针对夫子言论的探讨会上。

　　在那些夜晚，与会众人开口闭口都是"仁"，各种观点漫天飞舞。身处当时的氛围里，仿佛不谈"仁"，就没有资格自称孔子门生。

　　我蔫姜在那里第一次接受了"仁"的洗礼。但那些观点同我的理解不尽相同，似乎过于艰深，令我难以企及。

　　于是，当时的我在接受洗礼同时，又下意识将"仁"推开。

　　仁为何是如此艰深之物？或者说，我们为什么一定要把它思考得如此晦涩难懂呢？

　　夫子客居陈都时，曾说过这么一段话："诸位，我们应设身处地为他人着想。若他人悲伤，就去安慰他；若他人寂寞，就去陪伴他。这就是仁。'仁'写作'二人'，是两人之间形成的为人之道，是体谅。对双亲的体谅、对自家妹妹的体谅、对邻家娘子的体谅、对萍水相逢的旅人的体谅。"

　　时隔久远，我已不记得夫子讲这段话时的情形，但从夫子心中喷薄而出灌入我胸膛的那份善良，至今仍完整地留于心中。

夫子的谆谆教诲时刻鼓舞着我。我一直将夫子的一句话珍藏在心里，时刻奉行。

——子贡问曰："有一言而可以终身行之者乎？"子曰："其恕乎！己所不欲，勿施于人。"

子贡问，是否有一字可以终身奉行？夫子答，是"恕"，即设身处地为他人着想。自己不喜欢的事物，不要强加给别人。

耳畔又响起四十六年前夫子在陈都解说"仁"时的亲切声音。夫子曾在陈都说过，要站在对方的立场上考虑，在此句中，夫子以"恕"代"仁"，其义不变。

这番子贡和夫子的师徒问答，出处清晰可证，话语间虽未提及"仁"字，但我认为这是十分珍贵的一手资料。

我还珍藏着另一句夫子的言论。

——子曰："巧言令色，鲜矣仁！"

这是夫子的名言，广为人知，想必在座诸君都有所耳闻。既流传甚广，无疑是夫子的言论。于我蔫姜而言，此句也是助我思考仁的一手资料。

花言巧语、假意献媚之人，称不上仁德。

我眼前浮现出夫子说这话时的面容。这句话直白易懂，无须苦思冥想、集思广益。

的确，巧言令色之人，又怎会去追求身为人的善良、真心、仁呢？换言之，怀仁之人，不可能是巧言令色之人。

夫子还有一言。

——子曰："唯仁者能好人，能恶人。"

这句话的意思是，只有具备仁德的人，才能喜爱应喜爱之人，厌恶应厌恶之事。这句话不知何时起便存于我的脑海中，也许是子贡告诉我的。

平心而论，正如夫子所说，仁者总是站在对方的立场思考事物，将体谅之情融于自己的生命之中。这样的人，自然能明断该喜爱什么样的人、憎恶什么样的人。

三

方才休息之前，同诸君分享了三句出自夫子之口有关仁的言论。

——子贡问曰："有一言而可以终身行之者乎？"子曰："其恕乎！己所不欲，勿施于人。"

——子曰："巧言令色，鲜矣仁！"

——子曰："唯仁者能好人，能恶人。"

只要我们用心体会，便能领悟夫子这些话中蕴含的道理。不过，在夫子关乎仁的言论中，我蔫姜能理解的实在屈指可数。

在方才的片刻休息中，我蓦然又想起几句夫子论仁之言。那些言语不知于何时闯进心间，也不知有几分准确，从此挥之不去，或可随心采撷几则。

下面我就拾取其中二三语句，与君共赏。

——子曰："刚毅木讷，近仁。"

我也不记得是何时听闻此言，就字面意义来说，若将方才谈到的"巧言令色，鲜矣仁"视作反面评价，"刚毅木讷"就是与之相对的正面表述。

是该将"刚毅木讷"逐字拆开，读作"刚""毅""木""讷"，还是两两诠释，作"刚毅"和"木讷"之解，我蔫姜无法做出判断。不管如何断句，拥有句中所述性格品质之人，毋庸置疑和巧言令色之辈截然相反。

从夫子话中可知，即便不能将拥有此类品性之人直接称为"仁人"，他们也已十分接近仁的境界了。

对于这句话，我是这么理解的。

——子曰："仁远乎哉？我欲仁，斯仁至矣。"

这也是夫子的言论。仁并非遥不可及，只要想着靠近并践行仁，仁便在前方，在目之所及处。

自听闻之日起，夫子此言便一直印刻于脑海。有时，我还会出声诵读。意志消沉时，我便会以此鼓励软弱的自己。正如话中所言，只要想着用善意去对待村民、旅人，存为他人着想之心，仁便无处不在。

的确，仁总在触手可及之处。"仁远乎哉"，尽管已然忘却此言是何时从何人处听得，短短几字中透着强烈的夫子风格，极具魄力，敏锐到位。

"仁远乎哉？我欲仁，斯仁至矣。"

除夫子之外，还有谁能说出如此撼人心魄的言论呢？

——子曰："人而不仁，如礼何？人而不仁，如乐何？"

不论是否始于"子曰"，这无疑也是夫子的言论。

人若无仁心，即便习礼也无济于事，徒劳罢了。习乐同理。若不怀仁心，何谈习礼乐？毫无意义，没有任何帮助。

言之凿凿，掷地有声，拥有如此气性和格调的言论，毫无疑问出自夫子之口。

这些便是我蔫姜尚能理解的夫子口中有关仁的言论，但仅是其中一小部分。

夫子论及仁的话语，还有很多是我蔫姜力不能及、难以参悟的。

在那些言论中，夫子虽依旧在谈论仁，但他口中的

"仁"和我理解的"仁"相去甚远，好似一庞大而琢磨不透之物。

细细想来，夫子口中的"仁"，大抵分为"大仁"和"小仁"两类。

我虽无法辨清二者的区别，但也觉出夫子会根据讲授的对象而选取不同的仁进行阐释。

当对象是像我这般生来不曾拥有光鲜的社会地位，偏居一隅悄然度日的无名之辈时，夫子教导我们仁是体谅，要设身处地看待事物。

确实，对于吾等平头百姓来说，像夫子教导的那样互相扶持、互相体谅地活着，就是最好的生存方式了。纵然一生清贫，干不成惊天动地的大事业，但在这乱世之中好歹还有底气道出：此生不枉在这世上走一遭！

而面对那些身居高位、手握可撼动时代之力的大人物，夫子口中的"仁"便是足以捍卫世间和平、拥有无穷力量和无尽影响之物。他将给出全然不同的诠释。

——子曰："志士仁人，无求生以害仁，有杀身以成仁。"

我听过夫子的这句话。记得在夫子墓旁结庐守丧的三年里，曾有数个夜晚，弟子们在子贡的居所里围绕这句话展开讨论，我就在场旁听。

当时，我沉浸在失去夫子的巨大悲痛中，无心整理夫子留下的语录，唯独对这句话记忆深刻，近些年来也时常想起。

志士（存仁志者）、仁人（将仁奉为人生信条者）绝不会因贪生怕死而舍弃仁。为了保全仁，他们甘愿牺牲，如有必要，可以随时献出生命。

这句话中仁的含义，与我们所认知的设身处地为他人考虑的"体谅之仁"截然不同，乃是关乎舍身成仁的生死抉择。

如此看来，仁的本质和我所理解的仁大相径庭。志士仁人绝不愿为求生而舍弃仁义之道，相反，如有必要，为了布施仁道，他们不惜牺牲生命。此等闻之肃然的仁，非我等可想象。

同一个"仁"字，内部包含的世界观却大不相同。

一层含义是教导我们平头百姓要相互扶持、患难与共，另一层则是游说那些身居高位可左右时代格局的掌权者，若要平定这时代的战乱、救万民于水火，所需的核心动力就是仁。而论及可左右时代者，也有阶级之分，上达国之为政者，下至村镇官吏，根据所处地位不同，夫子因人施讲，释大仁之内涵。

大仁安定世间，小仁体谅彼此，尽管各有侧重，其核心都是人之爱，即人人不可或缺的真心。

由此看来，夫子诲人不倦之"仁"，指的便是人生在世应保有的一颗真心吧。

关于仁的话题就先说到这里。近年来，我时常于夜半时分坐在寒舍炉边钻研仁，试图理解夫子的内心，左思右想、琢磨不定，度过了许多时光。

方才所述便是这般苦思后的拙见，不当之处望见谅。下面愿听听诸君的看法。

"请允许我作为监事说一句。蔫姜先生围绕仁的解读十分详尽，将多则孔子名言阐释得通透明白。谨作为与会者代表向蔫姜先生致以感谢。

"接下来就遵循蔫姜先生之意，将发言机会交给诸君。方才也提过，希望探讨内容不要偏离仁，但愿能顺利进行。好了，那就从刚才决定的顺序开始吧，请。"

"那就由在下开始。我是鲁都孔子研究会的一员，也参加了方才有位同仁提到的仁研究小组。听蔫姜先生一席话，受益良多。同时，蔫姜先生提供的史料也为今后对仁的研究和调查开启了一扇广阔的窗。今日于我们意义非凡，值得纪念。

"今日先生所述有关仁的孔子言论，其实在我们整理的相关资料中都有收录。但即便收录在册，我们也无法回答这些是否出自孔子之口，没有判断的资格。

"我们需要有力的证据来佐证这些语录确实出自孔子之口，但此非易事，也有可能永远无法佐证。毕竟如今除了蔫姜先生您以外，我们在鲁都和鲁都附近已找不到其他曾侍奉在孔子左右之人。

"所以，从这个意义上来说，今日对我们而言非比寻常。蔫姜先生您提到了有关仁的语录，我们可以认定那几则皆是孔子亲口所说吧？

"因无法判断真伪，我们原先收集到的那些资料只能尘封于资料室中，先生的指点让它们作为孔子语录重新焕发生机。既被证实为孔子所言，我们研究会自今日起将重视和研究这些资料。

"在此，请允许我归纳一下这崭新的一手资料——孔子的七条语录。'巧言令色，鲜矣仁！''唯仁者能好人，能恶人。''刚毅木讷，近仁。''仁远乎哉？我欲仁，斯仁至矣。''人而不仁，如礼何？人而不仁，如乐何？''志士仁人，无求生以害仁，有杀身以成仁。'

"以及最后一则，当子贡问是否有一字可以引为终身秉持之道，孔子的回答：'其恕乎！己所不欲，勿施于人。'"

"还有一事想劳烦蔫姜先生，希望得到先生的帮助。关于此事，本应择日通过鲁都的孔子研究会正式提出请求，但今日正好在场，便想借此时机，将请求要点大致告知。

"其实并非旁事，是想请先生审阅我们仁研究会迄今收集的有关仁的资料，其中包括孔子的言论、孔门弟子的言论、对谈座谈等各种形式的文卷。还望先生一并审阅，给出宝贵意见。我们自知此请求冒昧唐突，深感惶恐，但如今放眼天地间，除劳烦蔫姜先生以外，我们已别无他法了。

"我的发言到此为止。耽误大家不少时间，还冒昧地提出请求，实在抱歉。我似犹在梦中，兴奋得不愿醒来。"

"好，请下一位发言。作为监事提醒一句，发言请尽量简洁。"

"由我继续。我是鲁都孔子研究会里不起眼的老成员，和刚才那位朋友一样，参加了仁研究会。

"我的研究主题是'智与仁'，虽还不成系统，也不曾发表过，但既有幸参加蔫姜先生的集会，便想浅述一二，以代替自我介绍。

"方才听了先生一席话，实感佩服。先生明鉴孔子言论的真伪，而对于那些确凿的孔子言论，亦能品味出其中保有的孔子那独一无二的强烈、美妙、凛然的正气以及威严的气度。

"听完您的阐述，顿感久违的舒爽透彻。想来，这是蔫姜先生独有的方法，能够最为准确地判定孔子言论。遗憾的是，此法唯有蔫姜先生您才能做到，他人无法效仿。

"在孔子过世三十多年后的当下，很多孔子的言论、对谈和座谈的片段通过个人或大大小小的研究会得以收集，今后也将继续被收集整理。这其中想必会有不少不知出处的言论被当成孔子的言论看待。

"我对孔学的这种现状倒并不像上一位发言的同仁那般严阵以待。其实在收集孔子言论时，想完全避免混入其他言论几乎是不可能的，定会有不少杂论混于其中。不过我想，经过漫长岁月的冲刷，浊水自会变清，其中杂质不断沉淀，真正的孔子言论将汇成清流缓缓流淌。

"这便是我作为孔子研究会成员的想法。下面，我想借用片刻，简单介绍一下我对'智与仁'的调查研究现况。

"研究、调查这类词听起来煞有介事，其实是集会同仁间为方便起见说惯了，我也不觉脱口而出。请勿见怪。

"我对孔子提及'智'与'仁'两方面的言论很感兴趣，从十年前开始着手搜集研究。当时，孔子的'智者乐水，仁者乐山。智者动，仁者静。智者乐，仁者寿'一句在研究会成员间广为流传，在不同集会上被屡屡提及，句中优美而深邃的内涵引起广泛讨论，盛行一时。

"我认为，孔子既有此言，也一定有将'智'与'仁'、'智者'与'仁者'进行比较、论述其异同的言论传世。当时我年轻气盛，曾在一次集会上宣布将收集孔子比较'智'与'仁'的言论作为今后的研究主题。

"于是，之后的十年，我一心埋头于'仁''智''仁者''智者'中，日日慌忙，东奔西跑，却没做成一项可观的研究，被他人调侃'仁者疲''智者呆'，受尽嘲讽。

"不过这十年我并非全无所获，也收集了一些相关资料，尽管不能保证其准确性，还是按照取得的先后顺序介绍给诸君。

"虽是面向蔫姜先生陈述，但除先生外，私心希望这番话也能入在座孔子研究会同仁之耳。此言可能听来有暗讽之嫌，只想让诸君略知何为主动搜寻孔子史料，而非等着文卷送上门来。

"我的研究和其他人的不同之处，在于我必须自行收集所需的研究文卷。而且，我无法保证相关史料是否真的存在。只觉得孔子一定对'智'与'仁'间、'智者'与'仁者'间的区别有所论述，并留下过不止一两句平明易解的言论。我的工作便是寻找、收集并研究这些言论。

"为此，在进入研究阶段前，我光收集资料就花了十年。不过，所谓研究就是将资料整理、分析后得出结论，因此前期的资料收集才是重心。

"在我开始搜寻资料的第二年，结识了一个名为樊迟的人，他应是孔子的直系弟子或爱徒。说是结识，其实对方早已过世了。

"樊迟的出生地不详，一说是鲁国，一说是齐国。对他的评价也褒贬不一，有人赞其为贤人中的翘楚，有人则贬他是愚人中的愚人，究竟其人如何，谁也不清楚。樊迟姓樊，名须，字子迟。都说他是孔子的车夫，但不清楚是只为孔子驭车还是他本身就是名车夫。有人说他比孔子小三十六岁，也有人说小四十六岁。

"不过，有好几人在话中提及，樊迟诸事都喜向孔子询问，以得到孔子的解答为乐。因此我不愿舍弃此人，循着蛛丝马迹，用三年调查他的生平经历，终于在樊迟曾任职处寻得孔子和樊迟有关'智与仁'的问答史料。

"其实在当地，孔子和樊迟的问答已小有名气，只是尚未传至鲁都。而将这则确凿无疑的孔子言论公开发表于鲁都的孔子研究会总部，在档案中添上一笔罕见而珍贵的孔子史料的，正是在下。

"樊迟问知。子曰：'务民之义，敬鬼神而远之，可谓知矣。'问仁。曰：'仁者先难而后获，可谓仁矣。'

"樊迟问夫子，智者应如何治理万民？夫子答，应尊重百姓认为正义的事，但要对鬼神等一切信仰相关之事敬而远之，不刨根问底，这就是智者治理天下的态度。樊迟接着问，仁者又该如何？夫子答，仁者应先去解决最困难的问题，并且不计报酬、不图利益。"

"我发表这篇言论时收获了极大的反响。在那日集会过后，'敬鬼神而远之'在夫子的众多言论中脱颖而出，升至被广泛引用的第一梯队。

"我本打算完成那次发表后就不再继续此项研究。之前也有不少人寻得孔子言论后，在孔子研究会上公开发表、取得认证。不承想，当我发表'敬鬼神而远之'一句时，竟天昏地暗、雷声大作、地鸣轰隆，反响强烈至此。

"自发表'敬鬼神而远之'后，都城及地方上不少人得到消息，将'智'与'仁'、'智者'与'仁者'相关言论送到我手上。但要寻得一手史料依旧困难重重。毕竟只有确认是孔子的言论才能成为史料，若仅凭口耳相传，其可信性很难判断。

"即便如此，一旦有人联系，不论路途远近，我都会前去。孔子晚年的弟子们大多散居乡郊，近几年我经常奔走在鲁都周边的乡村间。

"经过十年踏访，我收集到三则谈论'智'与'仁'关系的一手史料，也得到了研究会的认证。而在这屈指可数的三则之中，有两则都提到了樊迟。如此说来，最初寻得的'敬鬼神而远之'实属精华，后两则言论相对逊色，但这三则都是名副其实的一手资料。

"樊迟问仁。子曰：'爱人。'问知。子曰：'知人。'

"短小精悍的一则。夫子回答后，后文子夏也会出场，阐述夫子之言。目前我难以决断之处在于，是将全文作为一手资料，还是只节选上述部分。审查人员也犹豫不决。因此，今日只选取'爱人''知人'这样尖锐如利刃的孔子之言同诸君分享。

"除去刚才分享的两则，我最近还发现一则和樊迟相关的新史料，也介绍给诸君。

"樊迟问仁。子曰：'居处恭，执事敬，与人忠。虽之夷狄，不可弃也。'

"樊迟问夫子何为仁。夫子答，在家起居要端庄，办事要慎重，待人接物要真诚。即便去到夷狄之地，这些习惯也不可丢弃。

"我阅读这份资料时，不禁热泪盈眶。面对这个一遍遍不厌其烦询问仁之意的大智若愚的爱徒，孔子心知他即将远赴他乡任职小地方官，遂叮嘱他为官者应遵守的仁之礼。文中孔子流露的正是那份爱人的仁心啊。"

四

"今日夏意盎然，清凉惬意，日头也长了不少。此刻天光虽亮，不久天色就会暗下来吧。方才我们围绕仁讨论了不少艰深的话题，幸得蔫姜先生在场解惑指点，为我们的集会增添了许多充实的内容。

"有关仁的探讨就先到这里。在日落前还有些许时间，留给逸事研究会的几位发言，有请。"

"感谢给我们发言的机会。我们是个十人左右的小组，主要从各处搜集孔子的逸事，即孔子生平中那些体现其独特姿态、想法的琐事。研究会的正式名称是'孔子逸事收集和研究小组'。

"那些艰深的孔子言论，就交由在场的同仁研究。我们专注于收集富有人情味、更接地气的孔子逸事。

"尽管正式成员只有十人左右，但若算上鲁都和各地区协助者，人数就要翻三倍了。我们不仅在鲁国搜寻，也向孔子曾经游说、活跃的舞台——中原各国请求帮忙，无奈那些国家正陷于战乱旋涡，音信渺茫。

"研究会成立以来，我们的主旨是收集孔子的逸闻趣事，并提炼出其中所展现的孔子独特非凡的人格魅力，加以理解。要想看到孔子的这一面，恐怕除了从逸事中提炼，别无他法。

"只是，我们收集到的孔子逸事中均只有孔子一人出现，没有和他人的对谈，也没有提到孔子身边有他人在场，找不到可以佐证的第三人。

"因此，我们收集的资料和诸位研究的孔子言论大不相同。诸位收集到的言论，只要是孔子的，就有其自身的价值，且关于此言是孔子同谁所说，基本都有明示。

"不仅如此，子路、子贡、颜回及其他孔门弟子也会出场，作为问询者或听众接受孔子的赞扬或批评，对判断孔子语录的真伪起到重要作用。

"相较而言，孔子的逸闻趣事就显得不堪一击，缺乏说服力。

"记得在蒉姜先生组织的第一场集会上，我们发表了收集来的一则孔子言论'从我于陈蔡者，皆不及门也'，先生听后十分欣喜。这对我们研究会来说，是近期的一桩大事。

"我们得到的这句言论没有前言后语，无从知晓孔子是对谁所说，身边是否有人旁听，只能暂且视作孔子亲口说的一则简短言论。没有登场人物能证明此言确出自孔子之口。因此，我们虽想把它当成独一无二、珍贵的一手资料，无奈没有可靠的依凭。

"苦恼之际，我们在这场集会上听蒉姜先生追溯过往，讲起随侍在孔子身边一起经历的陈蔡苦难之旅。先生讲完后，我在提问中谈及孔子的这句言论。先生认为这句话毫无疑问是孔子对随自己一同经历陈蔡之困的弟子们所说的肺腑之言，深为动容，当场吟咏再三。

"这对于我们来说，是研究会成立以来最受鼓舞的事。"

既然这位小友在发言中提到了我，我蔫姜就来说几句。若要我选一则对我而言最重要的夫子言论，应是逸事研究会的诸君收集的"从我于陈蔡者，皆不及门也"。如这位小友所言，在第一次集会上，我不经意间说起久远的陈蔡之旅过往。之后，逸事研究会的成员发言说他们收集到了这样一则言论。

　　自那以后，这句蕴含着夫子脉脉温情的话语，在我心中占据了特别的席位。

　　若要选一则夫子的话语牢记心里，我会选他谈起往昔在陈蔡荒野间跟随自己的同行者时，温情流露的这句话。

　　不用说，这自然是夫子晚年所言。恐怕那时颜回、子路皆已亡故。夫子在暮年回想起那充满苦难的陈蔡之旅，想起那时追随左右的弟子们，为自己尽心尽力，却最终皆错失了出人头地的机会。他们都是独一无二的英杰翘楚，舍身相随，不离不弃，却走向不幸的结局。夫子在此言中深藏了太多难言之痛。

　　我仿佛能看到夫子说这句话时寂寞的神情，也能感受到夫子柔软善良的心。

　　每每诵读此言都不免感叹，能随夫子一同经历陈蔡之旅真是太好了。正因有了共同的经历，才能感受到夫子话语间的温柔，得以沉浸在这难得的幸福回忆中。

方才忘了说，我蔫姜也把自己算作"从我于陈蔡者"的一员。想必温柔的夫子以及子路、子贡、颜回不会把我排除在外吧。

　　想来，应是某位晚年侍奉在夫子身边的弟子听了夫子这番话深受感动，将其记在心里，后经辗转，此则言论被诸位年轻的研究者收集得来。

　　就像夫子说的那样，当年伴随他同行于陈蔡荒野间的弟子们，无一任高官，无一发迹，但大家都为自己能伴随夫子左右而心满意足、深感幸福。如今子路、子贡、颜回都已辞世，只留我蔫姜一人隐居在这深山村落之中。未来得及将夫子这句肺腑之言讲给随夫子历陈蔡之困的三位优秀的师兄听，实在遗憾。

　　"那么，借此良机，想再次叨扰蔫姜先生。我们研究会存有两三则孔子言论，我想在此发表，请先生莫要顾忌，将您的看法坦诚相告，不知可否？"

　　请讲。虽不知能否有所助益，但关乎夫子的言论，我很愿意同诸君分享心得。

　　"孔子闻卫乱，曰：'嗟乎！柴也其来乎？由也其死矣。'"
　　"孔子得知卫国内乱的消息，叹道，在卫国为官的高柴

（子羔）会平安回来，但同在卫国任官的仲由（子路）会送命啊。

"结果一语成谶。子羔在卫国内乱中平安脱身归来，而子路为向卫国大夫孔悝尽忠，闯入敌阵，在厮杀中被斩断冠缨，道出一声'君子死而冠不免'，结缨而死，终年六十三岁。完全如孔子所料。"

这位小友提到的这句话被认为是夫子的言论，其中所述的事件在历史上确实存在。子羔生还，子路在卫国死于非命。此言体现了夫子十分了解子羔和子路的性格，因而能做此判断。但依我之见，夫子即便心里这么想，也不会将"由也其死矣"这种不吉利的话如此直白地说出来。夫子在这方面相当谨慎。

若这么看，尽管符合史实，这句话也很有可能并非夫子亲口所说，而是他人在事件发生后经推测杜撰而成。这句话非常巧妙地展现了夫子的内心，编写得传神，但若将其视作夫子之言还是不甚妥当。诸君觉得呢？

"谢谢您的点评。这句话尽管不是孔子言论，但如您所说，非常真实地反映了孔子的内心。我们会好好保管。接下来这则短文，是从还未整理的资料箱中找出的。

"康子馈药，拜而受之。曰：'丘未达，不敢尝。'"

我认为这是非常符合夫子性情的一则逸事。鲁国的权臣季康子赠药给夫子，夫子郑重拜谢收下后，称自己不了解这种药的药性，因此没有尝。

一则简明利落的逸事，符合夫子的行事风范，想必当时有人在一旁目睹了事情的经过。行文短小精悍，无疑是夫子晚年真实发生之事。尽管年事已高，服用之药若未亲自确认，无论何人所赠都不会入口。夫子保有充分的理性，那旁人学不来的清醒自持令人感佩。

"谢谢。我们将把此句归入已被证实是孔子逸事的那部分资料中。

"最后一则是：'美哉水，洋洋乎！丘之不济此，命也夫！'这无疑是孔子在黄河河畔的深切感叹。每每吟诵此句，心潮澎湃，却全然不知孔子究竟是在何时何地发出了这声长叹。"

——美哉水，洋洋乎！丘之不济此，命也夫！

夫子此言优美中带着悲伤，许久未曾听闻，此刻好似被涤净了心灵。

五十年前，我刚加入孔子一行。在陈都，彼时风华正茂的子贡不知多少次跟我讲起夫子当年在黄河河畔的慨然长叹。夫子入陈都之前，曾在卫都淹留四年。那时的他抱着面会晋国为政者的一腔热血，欲渡黄河。然而在临近黄河渡口时，惊闻晋国政变的消息，只能匆匆放弃渡河。

——美哉水，洋洋乎！丘之不济此，命也夫！

夫子正是在那时，发出了这般深切的感慨。

"谢谢您的解答，让我们又添一份一手资料。这可以说是由蒉姜先生、子贡先生两位当事人作证的超一手资料。

"不好意思，可能有些得寸进尺，我还有一份想请蒉姜先生点评的资料，不知可否应允。非常抱歉我们研究会将日落前的宝贵时间全数占用。

"感谢应允，下面发表。

"子在齐闻《韶》，三月不知肉味，曰：'不图为乐之至于斯也。'

"我们得到这份资料已经有些年头了，但尚未对其下定论。文中没有其他人物，我们无从判断孔子是在对谁说话、有谁在听孔子说话，以及用寥寥几笔将此事描绘出来的人是谁。所有的所有都无从查起。

"若用平实易懂的话来解释文义，即孔子在齐国听到《韶》乐后，有很长时间品尝不出肉的滋味，于是他说，想不到音乐之美到了让人如此痴迷的地步。"

好，那我蔫姜也就这份资料谈谈自己的看法。鲁昭公流亡齐国时，夫子三十五岁，追随昭公入齐。夫子人生的这段重要经历，孔门弟子无人不知。据说，夫子就在那时得闻舜帝之乐《韶》，称其"尽美矣，又尽善也"，赞不绝口。这段往事我也听过多次，每次都深受感动。想来夫子陶醉于美妙的乐声之中，以至于很长时间无心品尝肉的滋味，才会无比动容地说，做梦也想不到音乐能让人这般如痴如醉。

这则有关夫子日常琐事的短文中没有出场人物，无法查证与夫子对话者是谁或当时有谁在一旁聆听，更像是一篇虚构的杂记。作为杂记，文字毫不造作，真情流露，将当时情形捕捉得巧妙灵动。

这是一篇精彩且有格调的夫子生活杂记。诸君何不趁此机会，编撰一本夫子逸闻集，将此类资料都收录其中？

"多谢蔫姜先生在一日疲累中对孔子的逸事提出宝贵意见。方才也说过，今日对逸事研究会来说非比寻常。我们从蔫姜先生的讲评中，第一次知道了所做之事有着怎样的价值。最后，我谨代表所有成员，感谢监事给予的宝贵提问时间。"

"天色渐暗，我作为监事本应就此宣布散会，但还有一人请求发言，他的工作和逸事研究会多少有些关系，迫切希望发言，称只消占用片刻。我实在不忍拒绝，便同意了。那么，有请最后一位发言者。"

"我不会耽误大家太久。今日在此第一次知道何为孔子逸事，我手头正好也有一份算得上孔子逸事的资料。在散会之际占用诸位一点时间，也是想在此公开发表这份资料，望诸位莫要有所顾忌，坦率相告它可否算孔子逸事。想着一旦错过今日良机，下次就不知要到何时，这才冒昧要求发言。

"早些年，先父高寿作古，他生前时常向我讲起这则逸事，却不知先父是从哪儿听来的。'有位孔子大人，说过这样的话！'先父心情好时，常常这么念叨。

"子曰：'道不行，乘桴浮于海，从我者，其由与？'子路闻之喜。子曰：'由也，好勇过我，无所取材。'

"夫子说：'欲行之道受阻，如此世道令人生厌，不如乘着木筏漂流出海。愿跟随我而去的，恐怕只有子路一人吧？'子路听后十分高兴，来到夫子面前说随时都能同乘出海。夫子说：'子路啊，你的勇气远超于我，但你可有准备编木筏的木材？'

"这便是先父所讲的故事。孔子是在责备子路做事轻率吧。

"说句与正题无关的话，我的家族虽现为鲁都近郊的农民，其实两三代之前，祖辈住在东海的一座小岛上，靠渔业糊口度日。或许因这层缘由，先父才会为夫子口中的'乘桴浮于海'一句神魂颠倒、血气上涌。方才谈了好几则孔子的逸事：'柴也其来乎？由也其死矣。''从我于陈蔡者，皆不及门也。''美哉水，洋洋乎！''子在齐闻《韶》，三月不知肉味，曰："不图为乐之至于斯也。"''康子馈药，拜而受之。曰："丘未达，不敢尝。"'

"比对上述这些，我认为'乘桴浮于海'一则也称得上孔子逸事。

"然而，我曾再三联系今日在场的逸事研究会的骨干成员，向他们提供这则故事，却被置之不理。

"我也向总部设于鲁都的孔学大本营，即主办今日这场集会的孔子研究会提交过这份资料，但诸位似乎都没能拧成一股绳、劲往一处使。我提交的资料如石沉大海，不管是作为一手资料还是二手资料都毫无回应。

"既然话已开头，那我就一吐为快了。诸位可知'乘桴浮于海'遇冷的直接原因是什么？

"我认为只因在这则故事中，孔子以半开玩笑的方式指出子路的不周全之处，这对于拥护子路的人来说是无法接受的。

"世间烦心事种种，子路派、颜回派便是其中一种。

"我重申一遍，无论是邀请蕉姜先生主讲、主办这场集会的孔子研究会，还是刚才成为集会焦点的逸事研究会，都没有将'乘桴浮于海'这则逸闻作为一手资料采纳。

"若我坚持将其归入一手资料，想必会遭到冷嘲热讽：'这显然是他人有意捏造的，缺乏核心内容。'真是苦恼万分、遗憾至极、悲哀至极。我的话讲完了。"

转眼间，外头的溪涧、杂木林、山丘上的村落——寒屋周围都已被茫茫暮色笼罩，监事、发言者以及在座的诸君想必都累了，那就由我蔫姜来做结语吧。

适才在集会最后听到"乘桴浮于海"这一重要史料以及引发的相关波折，我感触颇深。

听完这位小友的讲述，我蔫姜深受感动，身心震颤不止。想起几年前，一位齐国不知名姓的孔子研究家登临寒舍，提供了一份资料。

那份资料十分简短，因此我一直记着。

——子欲居九夷。或曰："陋，如之何？"子曰："君子居之，何陋之有？"

夫子想要到海岛上未开化的少数民族聚居地生活。有人听闻后劝他，那地方非常简陋，怎么能住？夫子答，有君子去住，便不觉简陋肮脏，定会住得十分舒心。

此刻说起这份资料，夫子那爽朗的人格、明快豁达的思考方式，就像渡洋而来的海风般沁人心脾。

从这两则与海相关的逸事来看，若夫子想乘木筏出海是真心话，那他说想移居到遥远的海上夷族岛屿生活，应当也出自真心。

　　若只有一则逸事，我们无法如此强烈地感受到夫子对未开化之地、对海上孤岛的关心。如今，集二则逸事一起看，便可知其对夫子的重要意义。

　　若非此二则逸事现身，或许我们至今谁也不会知道夫子对大海如此神往。今日的这番探讨，为我们开辟了"夫子与海"这一崭新的研究主题。

　　关于海的话题就先说到这里。希望下次集会上再由某位小友带来新的进展。

　　我的结语到此为止。感谢诸君光临，带来许多重要课题，真是蓬荜生辉。

　　今夜，这间陋室定会有不可名状之物隆隆或轰轰作响，蓄势待发。

第五章

一

"首先，作为本次集会的监事谨表开场致意。不知不觉，距离上次五月的集会已过去近四个月。原以为曲阜方迎初秋，朝蔫姜先生家走来的这一路上，才发现周围山野秋色正酣，枫叶荻花，映得人心澄澈如洗。

"今日，应大部分与会者的期望，想请蔫姜先生谈谈孔子的人格魅力。约十日前，我遣人拜访先生征询意见，先生欣然应允。

"能引得诸君争相探讨，毋庸置疑，孔子是位值得尊敬的伟人。不过，今日我们恭听蔫姜先生的'孔子论'，是关乎孔子的性情和为人，不是作为圣人的孔子，而是先生所了解的身为寻常人的孔子。其实之前也听先生讲过不少，但多夹杂在他论中，还望先生能总结陈词。想要了解孔子非凡的人格魅力，如今能请教的也只有蔫姜先生了。"

正如方才监事介绍，今日就由我蔫姜来谈谈铭刻于心的恩师孔子。此番略做了些准备，但愿能让诸君听得尽兴。

上次集会上，仁研究会发表了对孔子人格魅力的调查。"常怀悲悯，懂得他人的苦痛""宽以待人，严于律己"，诸如此类，共列举十六七项，足以说明夫子的为人。

那么今日，就来讲讲我蔫姜个人的孔子观。

有一句夫子的名言想必诸君都熟悉。

——子曰："智者乐水，仁者乐山。智者动，仁者静。智者乐，仁者寿。"

尽管不清楚这是夫子于何时对谁所言，但在夫子的众多言论中，此一则尤为脍炙人口，在我们这深山集会上也被提起过。想必关注夫子的人大多对此言很熟悉。

在上次集会上，有位小友曾说，夫子此言在鲁都研究会上一经公开立刻成为焦点，在各种会议上被讨论，传诵一时。料想应会如此。

"智与仁"之理深奥难解，巧用"水与山""动与静"这类老少皆知的事物进行类比说明，既如诗般朗朗上口，又直观形象，在众口哼唱中不知不觉便深入人心。

今日，追忆过往关于夫子的种种，思绪万千，深感他是智者，也是仁者。

夫子总是分开谈论"智者"和"仁者"。当他和我们谈论智者的话题时，我总觉得他所形容的智者正是其自身；而当他谈起仁者，我又觉得夫子完全符合他口中对仁者的描述。

夫子既是智者也是仁者。除此之外，别无他解。

所以，夫子如智者乐水，亦如仁者乐山，他兼具智者的"动"和仁者的"静"，作为智者纵情上天赐予的岁月，作为仁者悠然从容、毫无保留地过完一生。

接下来我想循着记忆，谈谈集智者和仁者于一身的夫子。只是今日所谈，和追忆夫子过往音容的那种讲述又有些许不同。

夫子离开已有三十多年，这漫长岁月里，其实我每晚都能见到他。或许这种说法听起来傲慢无理，但确实是我内心情感最自然的流露。

我每晚都和夫子对话，研习他曾经说过的那些话。该这样理解吗？不，似乎不对——如此思索着，累了、乏了，便卧倒入眠。这么多年，我都是这样过来的。

入山已三十载有余，近年来，同夫子相对而坐的夜晚越来越多。我们有时会围绕某个话题彻夜长谈，若忆起过往夫子曾说过的某句话，便再次求教。

当我的思绪畅游在对人及这人世的思考中时，耳畔常传来夫子的教导，时远时近，或指出我想法的不足之处，或给予温和的鼓励。

就这样，每当我有所体悟，就感觉得到了夫子的认可，心满意足。于是，在这陋室寝间，我常至深更才合眼躺下。彼时草木都已入梦，只觉满天星辰透过屋梁，落在额间。

夜夜耽思，在夫子的教导指正下，有时能得出结论，有时仍不得其解。回溯这些年的夜间所思，愿随心拾取一二，对其中涉及的夫子言论谈谈自己的理解。

人生在世，为不负生命价值，应当选择一条自己坚信的道路前进。此时，若能从上天赐予的使命感中汲取力量，便是锦上添花。但天并不会慷慨施援，也不会替人抵挡厄运和迫害。须认清此二者不可混为一谈。理解这点，便可谓"知天命"了。

走自己选择的道路，将其视作上天赋予的使命，勇往直前。话虽如此，即便笃行不怠，仍可能遭逢意想不到的阻碍，走至穷途末路。切勿心存侥幸盼能得天助，这与是否肩负使命无关。

人活在广袤的苍穹下，说得更准确一些，应当是承蒙天恩活着。既如此，就不能忤逆天意。天虽不曾言语，人自当揣摩天意，顺应而生。若人心澄澈无邪念，天心自见。

在谈论这些事理时，夫子仅是引用"天""命""天命"这些词，未加任何阐释。想来理应如此。这是单凭讲授不能习得之物，如果不经过自己的思考理解，就毫无意义。

人活在广阔的天底下，得蒙生之恩典。此份恩典，该向谁言谢呢？虚心思索，除了感谢自己头顶上的无际苍天，别无他想。

——死生有命，富贵在天。

听闻此为子夏所言，但我认为这是子夏从夫子那里听来的。夫子的心绪在这短短一言中表露无遗。

生死、富贵，到头来都是天命，非人力能左右。尽管如此，仍应尽力活着，努力精进以成就大事。至于其他，只能听凭天命。

生在这前所未有的乱世，夫子也生出过近乎绝望的心情吧。但正是在如此混沌的世间，人更应堂堂正正地活，这应是夫子内心的想法。

他将天命作为乱世哲学的根源，试图以天命解释万物。人行于世，吉凶祸福与自身品行是否端正无关，与是否身处乱世也无关。只是乱世让这个道理更为明显。

就像方才所提，人须将自身投入浩瀚的天理，走自己坚信的道路，把成败交给上天。

这便是人在乱世、在这毫无秩序可言的混沌世间唯一可行的生存方式。除此以外别无他法。夫子以说服人们信服此理为己任，自身也努力践行。

人既生于世，就不得不面对天命。这是一种说合理也合理、说不合理也不合理，无法窥破其真谛的法则。生而为人，定会受其约束，无法逃离，无法解脱。

而吉凶祸福的到来，与人是否行正义之事也无关系。重申一遍，人只能将自己置于深不可测的天理之中，成败由天，走自己坚信的路。在这亘古未有的乱世中，除此之外，无其他生存之道。

纵观古今，未曾出现过如夫子这般清醒的思想家吧。"在这空前的战乱时代，人不得不清醒地活着。若不如此，众人皆狂。"我认为这便是夫子心中所想。

夫子真是时时刻刻都在为世人着想。念着世人的幸与不幸，念着如何能让生逢乱世的人们拥有些许幸福，忧心该如何阻止他们陷入不幸。

夫子无时无刻不在思考让世人变得幸福、让生活变得有意义的办法。无论生于何种时代，人都有幸福的权利。

我认为这是夫子思想的根源。

仁，是人与人之间通向幸福的相处之道。"诚""诚心""人道"这些说法，都意在让人们怀有互相体恤之心，扶持相助，纵使生在这艰难的世道，也能从心底里叹出一声：来到这世上，真好。这便是仁的真谛所在。

政治家、官吏这些居于高位、手握权力者与平头百姓不同，哪怕力量有限，也能从高处影响百姓的生计，左右其幸与不幸。因此，他们的仁心该用在更为广阔的社稷民生上。

因此，同样是仁，对于指点江山的高位者来说，其体恤之心不应仅停留于对左邻右舍的关心，而是要应用在治国理政中，更广泛地造福世人。

对于我们百姓来说，若邻里有病弱者，应给予关怀，尽力减轻其痛楚。然而，即便大家都有这般仁心，也很难在这空前乱世中救众生于不幸。

相较而言，经国治世者可在为政中融入仁心，经纶天下，减轻人们的苦难。

想来，对先师孔子而言，"仁"与"德"不同，并非自我完善的终点，而是我们生于乱世不可欠缺的心性。居高位者心怀大仁，我等平头百姓也当怀有小仁。

仁的体现方式因人而异，村中妇人对流浪汉的同情是仁，村官为村民着想，减轻赋税也是仁。

自发践行"仁"者，即为仁人。偶有政治家或官吏以施行仁政为己任。此等实干家实属罕见，但想到尚有这些人存在，便觉即便是这乱世，也终难弃之不顾。

当然，夫子不曾真正绝望过。他坚信，自己身故后，终有一日会出现圣人天子，开创没有战乱的太平盛世。

夫子始终怀着这份信念，毕生都梦想着国泰民安的盛世图景，愿意为之竭尽所能。

——凤鸟不至，河不出图，吾已矣夫。

传闻这是夫子离世前两年所说，但正如之前所提，我认为夫子不会说出这番话，其中必有误传。

若真是夫子亲口所说，想来也是夫子在晚年一时兴起，偶尔一说的调侃罢了。

只因这是关乎夫子的重要问题，特此重申。

话说回来，尽管夜夜与夫子相见、交谈，转眼夫子已故去三十多年了，岁月漫漫啊。

若问我，身为寻常人的夫子所具备的品质中，哪一点给我留下的印象最深？我想我会回答：冷静至极。无论何时，夫子都不会迷失自我。

夫子身上有太多卓异特质，在三十多年后的当下，回想夫子的种种，不由感叹夫子时刻保有的那份冷静是我们望尘莫及的非凡品性。

这从几则夫子的言论中或可一窥。

——务民之义，敬鬼神而远之，可谓知矣。

孔门前辈樊迟询问如何治民可谓明智，夫子这样回答：尊重百姓信奉之物，在鬼神等信仰问题上不轻怠，但须慎重，不要太过深入，即可谓明智之政。

——未能事人，焉能事鬼？

子路询问该如何侍奉鬼神，夫子回答：生者尚不能照顾周全，何谈侍奉亡灵？

——未知生，焉知死。

这是上一问的后续。子路追问究竟何为死，夫子回答：尚不清楚活着的事，又怎知死后的事呢？

另有一些非夫子所言，乃旁人观夫子有感而作之词。

——子不语，怪、力、乱、神。

——子之所慎，齐、战、疾。

我们在集会上探讨过这两句。

前者是说夫子从不言及怪异、暴力、悖德、诡秘之事，展现了他冷静至极的一面，后者则表明夫子对斋戒、战争和疾病持警惕态度，体现出其胆大心细又克制冷静的超凡品性。

再举一例。

——康子馈药，拜而受之。曰："丘未达，不敢尝。"

这是不知何人在何时记下的一则夫子逸事，也有小友在集会上介绍过。即便是位高权重者赐的药，若非十分了解，夫子也不会吞服。这桩小事淋漓尽致地表现出夫子的冷静和理性，让人肃然起敬。

诸如此类体现夫子冷静性格的言论和逸事不胜枚举，我们暂且讲到这里。

接下来，我想谈谈夫子的魅力。其实又何须多言，一旦触及夫子那磅礴厚重的人格和修养，除了愿一生随侍左右，别无他求。子路、子贡、颜回、我蔫姜，还有孔门的代代弟子们，无一不深深折服于夫子宽宏高尚的人格，从此不愿离开夫子，不愿离开鲁都的讲学馆，就此确定了各自的人生道路。

那么，这不可名状的磅礴厚重的品格究竟是什么？它的本质为何？

壮怀激烈，又安稳从容；正颜厉色，又体贴和善；温暖和煦，又冷淡克制——是集这些矛盾的特质于一体的魅力。

待在夫子的身边，为这份独特的丰饶所熏陶，便再也不愿离去。

还有夫子那如山般巍峨的修养、如海般浩瀚的才能，我们纵情摇曳、浮游其间，怎么可能还想去往他处？

至于如何心折于夫子从而不愿离去，想必各人有各人的说辞，像子路、颜回他们也都有自己的侧重点。

就我而言，夫子欲成大事，不惜以命相搏的胆魄最令我倾慕。只不过夫子素来从容不迫，乍一眼，很难看出他在搏命。实则，夫子为自己欲竟之大业，早已做好了随时献出生命的准备。这就是乱世中的教育家和政治家。也只有这样的夫子，才能说出下面这般掷地有声的言论。

——子曰："周监于二代，郁郁乎文哉！吾从周。"

夫子说，周以夏、殷两代王朝的传统为蓝本，将其融会贯通，孕育出璀璨和谐的文化。我推崇周礼，以为楷模。

在这前所未有的战乱时代、周王朝威信扫地的至暗时期，夫子敢直言不讳，某种层面上可以说是冒丧命之险。

——子曰："甚矣，吾衰也，久矣，吾不复梦见周公。"

夫子叹道，唉，我垂垂老矣，许久不曾梦见周公了。

周公名旦，辅佐其兄武王伐殷，是在武王殁后巩固周室根基的人物。他是伟大的哲学家，也是杰出的将领和政治家。在他的引领下，周王朝脱离殷商神政，以礼为治世基调。周公于夫子而言已是五百多年前的古人，尽管身处时代不同，夫子却将其奉为毕生榜样，"甚矣，吾衰也"正是他对周公仰慕之情的真切流露。所谓仰慕，当如斯。

这与方才所提"郁郁乎文哉"一样，是夫子的振聋发聩之言，在那趟多灾多难的陈蔡之旅中，我有幸在夫子身边闻其亲述。

——美哉水，洋洋乎！丘之不济此，命也夫！

壮美的黄河之水洋洋洒洒。我一路跋涉为渡黄河，谁知想要访问的晋国突发政变，渡河未果。这大概也是命吧。

夫子离开鲁国踏访中原列国之初，先在卫国淹留了四年，未能得到任官的机会。此时，一个想法在他的胸中激荡：去拜谒黄河以北的晋国掌权者，开拓更宽广的道路。

眼见时机成熟，夫子离开卫都赶赴晋国，抵达黄河渡口时，惊闻晋国的两位贤大夫在内乱中丧命的悲报，于是不得不停下赴晋的脚步，长叹："美哉水，洋洋乎！"正如夫子所叹那般，未能入晋乃是天命使然吧。

我在陈都时，曾多次听子贡讲起"美哉水，洋洋乎"一事。当年夫子慨叹时，子路、颜回应当也在场，可不知何故，两位师兄从未对我提过此事。

想来，或许这句"美哉水，洋洋乎"，夫子只同子贡讲过。如今，斯人已故，也无从确认了。

除上述之外，唯夫子方能道出的警言妙句以及夫子的逸事浩如烟海。我想从此前集会上探讨过的逸闻中择取一二，作为这个话题的结语。待稍事休息后，我们再从另一个角度谈谈夫子的为人。

第一则是在陈蔡之旅中发生的事。我们一行人饥肠辘辘、步履蹒跚地来到蔡国边境处的一座陈国村落，那时，子路愤愤地向夫子发问："君子亦有穷乎？"

夫子答道："君子固穷，小人穷斯滥矣！"

当时，夫子的话贯通天地，如有千钧之力。能说出此等惊世警言者，舍夫子其谁。

能亲眼见证那一刻，我蒍姜与有荣焉。

另一则是天命难违，夫子不得不放弃中原大业的那一晚，他想起远在故国鲁都苦苦等候的弟子们，不禁高声吟咏："归与，归与。吾党之小子狂简，斐然成章，不知所以裁之。"

回吧，回吧。留在鲁都家乡的年轻人们，年纪尚小却心存大志，能编织图案美妙的锦缎，可惜不知该如何裁制。

何其有幸，这两次夫子心境发生巨大转变的时刻，我都在他身旁。

二

方才见有几位在寒舍附近散步，便稍微多休息了一会儿。此地虽朴实无华，但这个季节在周边走走，倒十分惬意。

让我们继续先师孔子的话题。休息前，应司会者之邀，谈了谈身为寻常人的夫子的魅力所在。在座有人提出所谈内容过于严肃，希望换个新话题。和监事商量后，决定讲讲我于今夏终于如愿成行的中原之旅。一次偶然的机缘，我加入一个楚人商队，历六、七、八三个月重访年轻时陪夫子走过的路。

五六年前，有位楚国商人在村子里病倒了，我曾收留他在寒舍休养。今年春天，这位商人前来，对我说："若您还想去以前的陈、蔡地区看看，我愿做向导。"

我十分感激。见这商人细心周到、诚实守信，便承了他的好意。

我年事已高，可以说这是人生中最后一次前往异国的机会了。

哀公三年夏天，我遇见浪迹中原的孔子师徒并随行进入陈都，渐渐融入孔门众弟子之中。那年我二十五岁，已是时隔四十六七年的前尘往事了，不觉恍惚。

回想淹留陈都的三年时光，是如此快乐又令人怀念，恍在梦中。即使后来受吴楚决战波及，我们逃离陈都，流落陈蔡荒野，如今想来，都是难忘而宝贵的回忆。

之后，我们一行人进入蔡国。当时我的故国蔡已在吴国威逼下迁都，随即又受楚国管制。我们由北向南跋涉多日，渡过旧都新蔡郊外的汝水，进入楚地，来到楚国为亡国的蔡国遗民而建的新城负函。

我们为何要踏上如此苦旅呢？这只能询问先师孔子，但就算夫子尚在世，恐怕也给不出答案。本是为了躲避战火而离开陈都，又为何转而投入战事正酣的楚国呢？即便司城贞子曾有此提议，如此抉择仍于理不合，令人费解。

话虽如此，犹记得我们行至负函时正值初夏，夜空中繁星满天，美不胜收。我们在长官叶公的庇护下，在那座非楚非蔡、别具一格的城邑中度过了三个月。如今想来，无论是那里的街道，还是那段日子，都如梦似幻，恍若隔世。

不知从何时开始，我们都觉得留在负函是为了拜谒中原霸主楚昭王。不光是夫子，子路、子贡、颜回和我都这么想。

我们在那个奇异的负函城停留了三个月。最终，盼望已久的一天来了。那是一个暗夜。深夜，我们候在路旁迎接昭王，迎来的却是列兵护送的灵柩。昭王在前线病殁，彼时他薨逝的消息尚未昭告天下。

啊，时隔四十三四年，如今我终于又能踏上那片饱含着种种遥远回忆的土地。虽做不到事无巨细地讲述，但愿意将这趟旅途中的所思所感同诸君分享。

　　踏上旅程，首先便有感于列属周代诸侯国、在中原占一席之地的陈、蔡、曹三国已然消亡殆尽。

　　陈、蔡两国皆被楚所灭，曹则被邻国宋吞并。按常理，即便国亡后丧失自主权，百姓仍可在旧地照常生活。但不知为何，映入眼帘的光景颇为怪异。分明是故国百姓在原地过着老日子，在我看来却已面目全非。

　　就像来到了完全陌生的国度，陌生的人们过着陌生的生活，就连汲水处的寻常生活场景也全然不似从前。这便是所谓的亡国吧。

　　不仅如此，年少游历中原时，各地还能见到不少自由开明的都市，它们虽称不上独立邦国，但手握自治权，是旅人绝佳的歇脚处。

　　如今，那些都市已被尽数拆除，国与国之间建起边境地带，处处设有武装岗哨。

　　商队此行走的是昔日我们一行人走过的老路，从鲁都启程前往宋都，再由宋都入陈都，经陈都到蔡都。出于安全考虑，我们尽量走官道，避免穿行小路。

　　鲁都、宋都不愧为大国都城，设施完备，气派恢宏。而陈都、蔡都是亡国之都，如今沦为楚国的军事要地，昔日身为国都的热闹繁华和独特风情皆烟消云散，只余一片肃杀。

尤其是蔡都，那里的一草一木本应唤起我对故国的思忆。可国破家亡之殇终难轻描淡写地揭过。那片土地早已不是蔡国，和蔡人也无半分干系，成了楚国的兵营基地，终日被沙尘笼罩，漫天黄沙之下是士兵们冷酷的身影。

此行意在重访故地，陈都、蔡都虽已今非昔比，我还是在两地分别停留了几日。

当年住在陈都时，夫子每日在居所迎来送往不少城中百姓，在生活和生计上给予指点和帮扶，有时也会聚集城中的年轻官吏，讲授仁义，启蒙礼学，居所俨然算得上半个夫子讲学馆了。我此番重回旧地，第一日就直奔那充满记忆的场所。

那也是我当年干活的地方，几乎每日的大部分时间都在那里度过。遗憾的是，那一带如今已被征作军用，禁止平民靠近。当年子路、子贡、颜回和我起居的土屋也在附近，本欲看看是否还在，却也办不到了。

我们客居陈国时，有一位品行高洁的政治家司城贞子对我们关照有加。我此行另一个紧要目的，就是为他扫墓。奈何未能寻得墓址，最终没能去成。

我们现在称他为司城贞子，"贞子"其实是陈王室在朝廷重臣去世时，根据他生前功绩所赐的谥号。

因谥号有如生前的名字，可用作称呼，他的本名渐渐被人忘却，竟无人识得这位重臣之墓了。所谓亡国，大概便是如此。又或许，司城贞子在陈国被灭之前就决意以身殉国，不留墓所。如他那般杰出的政治家，当有此等深谋远虑。

住在陈都的那几日，我每天都会上街走一走。当年这里还是国都时，镇上一派热闹盛景，如今已荡然无存。

不过，离开主路拐进巷坊间，旧日气息扑面而来，令人心生什么都没变、这里还是陈都的感慨。往来男女皆是陈国人。颜回曾评陈人好巫近色，或许所言不虚。穿街走巷的，就是颜回口中的这般男女。

我怀着去见久未谋面的手足的心情，穿过一条条小巷，心中无比安宁，悠悠迈着步子，不住感叹道："啊，这里是陈都，依旧是陈都。"途中在两三个地方歇脚，接过居民递来的茶水。我盘腿坐在土屋门口的蒲垫上，听他们对我这个异乡访客讲牢骚话。

"那些楚人耀武扬威，走在路上横行霸道，看着就让人郁闷。不过，他们也得意不了多久。再过个两百年，这世上哪还有什么楚国。还不趁早从我们国家滚出去。"

我问他们是如何得知楚国会亡。回答说是每每奏乐请神，问询神意后，无一例外，都得到两百年后楚国将不复存在的旨意。

"他们本是在边地游荡的野蛮人，哪有资格到中原来？灭了陈、蔡后，竟大摇大摆地盘踞在这里。上天已经容忍他们一段时间了，该识相点，赶快叩谢，搬到长江那头去。要再这样胡作非为，是会遭神谴、引大祸的。趁还没有沦落到不可收拾的地步，不如尽快退回长江对岸去。"

我在陈都停留了五天左右，其间有一位和我年纪相仿的老人来访。当年他负责往夫子的居所运送水罐，听过几回夫子的讲学，深受启发。

"我将礼和仁作为毕生的道德准则。其实，我是在孔子过世许久之后，才得知他是中原的大学者、大教育家，想通过改变人的思想来拯救当今乱世。

"尽管受教时日短暂，我们这里也有不少当面聆听过孔子教诲的人。我和他们商议后，成立了本地的孔子研究会，各自回忆听过的孔子言论，收集整理并加以讨论研究。可惜没能坚持下来，现在已是有名无实了。

"偶然得知先生您莅临，实乃久别重逢。值此之际，有一事相求。我们想将手上收集来的资料奉送给鲁都的孔子研究会，希望您能引荐。这些孔子言论由我们陈都居民收集，其中难免有纰漏差错，但说不定也有宝贵的资料，希望能为孔子研究尽一份力。近期我们会委派年轻人将资料送去鲁都,还请自由取用。"

我向他诚挚致谢,表示回到鲁都后会按照他们的希望妥善安排,随时欢迎送来。我也想一睹为快。

就这样,我离开陈都,跟随楚国商队前往旧时的蔡都新蔡。

于我而言,这是自上次随夫子到访之后,时隔四十四年重返故乡蔡国,不禁感慨万千。

当时,我们逃离受楚吴大战波及的陈都,不料陈都西面辽阔的大平原也未能幸免于战火。那些散落在平原上的村落空如蝉蜕,找不到一点食物。雪上加霜的是,我们又遭吴国残兵败部的袭击,可谓九死一生。纵观夫子生平,陈蔡绝粮当属一抹重笔。

相较之下,我的这趟故地重游安稳又平静。放眼望去,平原上处处丰田,尚未耕种的地方则有羊群点缀其间。

有时也会遇上大小军队,无一例外是纪律严明的楚军部队。

照顾我的楚国商队驭有二十几匹马,拉着满载货品和物资的车辆在大平原上缓缓前行。每当太阳落山,我们去到附近的村落,总受到当地乡绅的宴请款待。

我在旅途中方知,这群楚商在诸国间搭线做生意,在新纳入楚国的陈都和蔡都经营着规模庞大的市集，手握中原各地物产的交易和买卖权力。此外，他们在鲁都、宋都等地设有庞大的驻外据点，可见他们还身负某种国家使命，欲将中原一带的贸易权尽收掌中。

如此看来，楚国陆续侵占四方邻国，意图将其全数纳入自己版图的野心已渐渐浮出水面。

被楚所灭的陈、蔡等国做梦也想不到的庞大计划和密谋，正在悄然实施。

犹记得当年在陈蔡荒野间受尽粮绝之苦，此行却是盛情难却。

还是那片荒野，邻近村落的姑娘们热情献舞，带我们越过形同虚设的陈蔡国境。楚国士兵只简单问了姓名和目的地便放行。

走下国境所在的山丘，来到上蔡地区，顺着汝水一路下行。我心中挂念着故国古都上蔡如今的情形，却又觉得此刻提出有些不合时宜。或许这就是身为亡国遗民的怯弱和自卑吧。

我们沿汝水而下，一路行至新蔡。途中，蒙楚国商人格外照拂，我被安排至途经的村子里过夜。

这里从前真的是蔡国吗？在汝水河畔投宿的第二晚，我产生了这样的疑问。看起来像蔡人的男女屈指可数，一眼望去几乎皆是楚人。

不过，楚人中本就混杂着多个种族，所以他们的长相、气质、语言不尽相同也不足为奇。

我们于第四天抵达了新蔡城邑。

"这里无疑是蔫姜的故乡，生我养我的地方。"我出声道，生怕不这般自报家门，故乡就会逃之夭夭。

我如愿在城郊一处桐木环绕的居所安顿下来后，唤来好几个蔡国年轻人，同他们闲谈家常。

那些年轻人在蔡国长大，父母也都是蔡人，但说着楚国的语言，服饰看起来也和楚国的年轻人没有区别。

其中有三个蔡国姑娘，请她们独唱、合唱，所唱皆为楚国歌谣。

"为何不唱蔡国的歌？"我问她们。

她们异口同声道："没有佳曲，没有想唱的歌。一开口，就自然而然地唱起汝水那头的歌了。"

既然如此，我也无话可说。不得不承认，蔡已消亡，被楚取代了。

来到新蔡的第三天，我请当地人带路，进入城墙围困之地——曾经的新蔡城里去。

当年，此地被用作楚国的屯兵重地，无关人等不得靠近。所以随夫子入新蔡时，并未踏入旧城邑。

于是时隔五十载，我再次穿过城门来到墙内，踏上故城的街道。

城中封存着我数不清的回忆。那是我年少时的居所，充满悲伤的、怀念的诸多过往。

此外还有诡异且难以忘怀的记忆，那便是楚军突如其来的围城，以及当楚军撤军，我们以为终于脱困之时，吴军毫无征兆的闯入。百姓纷纷出城，到汝水河畔避难。在那惊魂一夜过后没多久，掌权者就将国都迁到了州来。

迁都后，城中霎时冷清下来，空荡荡的王宫附近则摇身一变，成为热闹的市场。

多么奇怪，我对那里没有半点阴郁或灰暗的印象。那些失去家国的百姓像是被召集一般，从徐、州、肥、莱、萧、舒、庸、梁、邢、江、温、黄来到这个奇特的万国集市，热火朝天地做起生意。那种跟世道格格不入、令人难以置信的繁华，究竟为何物呢？

当初过完年开春后，我便离开新蔡城，踏上了旅途。多亏那趟旅途，我得以遇见周游中原的夫子一行人，幸运地留在夫子身边侍奉。

我和这新蔡城可谓藕断丝连，如今时隔数十年重返故地，一种全新的感动席卷全身。

那些亡国的百姓聚到一处，卖力劳作，欲重振生计。虽不知那万国集市最初如何建起，如今它已作为中原霸主楚国的万国集市，贸易之火生生不息。

若让我为此市场随心命名，我愿将其称为"楚国大熔炉"。在这个大熔炉中，熔化了陈国、蔡国，以及其他许许多多的国家。

此番回到故国旧都新蔡，心中最觉宽慰之事，是认识到汝水对岸的楚国拥有比我所知的任何国家都雄厚的实力，想必会为平息中原纷争贡献巨大力量。

我曾随夫子在楚国滞留数十日，种种回忆浮上心头。我们横渡汝水，进入广袤的平原，跨过国境线，南下来到河川纵横的河间地带。

当时，第一个出现在我们眼前的楚国城邑，就是楚为收容蔡国遗民新建的聚落负函。或许比起聚落，称之为城镇更为恰当。

如今想来，负函城的诞生实非常人所能设想，也只有楚国才能出此奇思。还需有如叶公那样的才干，方能胜任掌管之职。

当年随夫子入负函时，正是楚昭王中原霸主之名最盛之际，夫子淹留异国，也一心求见昭王。

俱往矣，如今夫子早已辞世，且不说昭王，连叶公也不在人世了。

而我，在楚国商人的招待下，又一次渡过汝水。

说实话，踏访故国确为这趟旅途中我尤为期待之事，但要说最让我激动的，还是重回我们和叶公的结缘之地负函。

我想回到这座神奇的城镇，再次置身于我们曾目送昭王灵柩的暗夜。我想在那片夜色中思索若干问题。有些问题，只有在夜幕笼罩的负函城里才能求解。

夫子也曾在那片夜色里彻夜思寻。子路、子贡、颜回，他们都不曾辜负负函的深夜。

这些年，我反复琢磨那些未能当即理解，抑或是不甚明了的夫子所言，我想把它们带到负函，带到那片街面如墨、星光璀璨的夜色里，好好地想一想。

好了，在讲负函之行的始末之前，我们稍作休息。就在刚才，我好像听到了不知从何处传来的罕见鸟鸣声，好奇心难抑，想去一探究竟。

三

被鸟儿搅了心神，失礼了。儿时的习惯如今已所剩无几，若说尚有一点留存，大概就是对候鸟啼声的敏感。

我生于汝水河畔，长年与汝水相依为生。或许是此缘故，自幼便对飞渡汝水的鸟儿的振翅声和啼鸣声十分敏感。

适才讲到欲渡汝水入楚地，正思考叙事脉络时，忽闻候鸟啼鸣。啊，是鸟儿，是什么鸟？思绪发散间，耳畔已充盈那震耳的振翅声。

其实这完全是我的错觉，不用真的渡汝水，而是仅浮现渡汝水这个念头，脑海中便满是鸟儿羽翼翻飞的声音。

唉，无端之举，惊扰诸君了。这意想不到的一幕令人老态毕露，见笑。好了，接下来便将我实际渡汝水的经过讲给诸君听。

在入新蔡的第四日早晨，只见汝水渡口停靠着数艘大渡船，以接应楚国商人一行，我跟着登上了其中一艘。

渡船顺流而下，在水流急转处向东拐弯，抵达对岸的码头。

码头前方有一大片空地，商人们将货物搬到车上排成列，每辆车都满满当当。一行人踏上大平原，朝着负函的方向，开启四天三夜的旅程。我们一路向西，时而骑马，时而步行，耕地和原野在平原上拼色交织。

每逢傍晚，便寻村落脚，总有蔡国的年轻男女来招待我。这些年轻人的父母是蔡人，但他们对蔡国知之甚少，也不太关心。不管怎么看，他们都已经是事不关己的楚国年轻人了。

看着这些年轻男女，我不禁感慨万千。莫说蔡国本身已无迹可寻，就连那汝水环绕的国家曾存在过一事，也渐渐被人们淡忘了。

转念一想，这样也好。在我心中，蔡国的痕迹或许也在慢慢消失。

百感交集中，我独自行走在这片承载着葱郁村落的肥沃大平原上。此行在新蔡城和汝水河畔都没有看到候鸟的身姿，直到我们第一晚投宿于一座名为正阳的村落时，才望见成群结队的候鸟横渡上空，叹为观止。

我们第二晚在新安店村落，以及第三晚在明港村落歇息时，又得见候鸟成群向北方飞去。

此外，这趟前往负函的路线明显与四十多年前不同。当年南下取道河间地带，多经水乡。而此次途经的正阳、新安店、明港等村落位置更偏北，俨然是道路两旁的驿站，供应军需品的货车处处可见。

从第三晚住宿的明港到负函，目之所及皆是广袤平原。南下途中，我们看到大批候鸟北飞。那天上的候鸟，是否也惊奇地看着我们这列向南的车队呢？

第四天抵达负函时，天色已暗，没法像之前那样边解行装边遥望候鸟了。

不过我们总算从北方来到了目的地。一如四十多年前，地上一片漆黑，天空中泛着微明，这个坐落于大平原中央的聚落正亮起星星点点的灯火，应是到了街口燃起火堆的时刻。

啊，负函、负函亮起灯火了！

我下意识地环顾四周。不用说，夫子、子路、子贡、颜回都不在我身旁。

灯火照亮了眼前的负函城，如果夫子他们也能看到该多好。可是，当年的同行人都已与世长辞，我心下从未如此刻那般孤寂怅然。

在夫子和我们心中，负函这座奇特的城镇有如心灵的故乡，是独特的避风港。此情此景，让我更加深切地体会到了这一点。而这个避风港此刻华灯初上。

我独自伫立在远离商队处，久久凝望着眼前的景象，负函城正被渐渐点亮，我心潮澎湃。

就这样，商队浩浩荡荡地进入了灯火通明的负函城。而我离开大部队，被安排住进一家蔡国人经营的小客栈。在负函停留的十天里，我都住在那里。客栈中随处能听到蔡国话，教人怀念。

待到第二天我才后知后觉，负函的街道早已换了模样，城镇外围建起高大的城墙，不仅如此，城中也竖起城墙，将街道分为内城和外城。

四十多年前，那个四面无阻、八方透风的大平原聚落，那个拥有奇特风情的城镇，如今已荡然无存。它被牢固的城墙包围，成为堂堂楚国坚不可摧的边防城邑。

我花两三天走遍了改头换面的负函新城。它早已不是夫子曾称道"近者悦，远者来"的那座叶公治下政风清朗的城邑了。

我们和夫子曾住过的地方位于外城，还保留着当年的模样。而我陪同夫子登门拜访过多次的叶公府邸在内城，那里有卫兵把守，十分森严。

叶公府邸是坊间奇闻"叶公好龙引来真龙从窗口现身，叶公被吓至昏厥"的灵感源头。如今那里不再有怡然谈笑的氛围。从府邸现身的不是龙，而是手持刀剑的士兵。

若要概括如今的负函城给我的印象，那便是大平原上金甲裹身的聚落。扎眼的军营驻地和巡逻的戎装士兵随处可见，不得不承认，此地已然成为楚国的一大军事基地。

我还沿着散布在负函城外的区域细细走了一圈。居住在那里的多是被楚征服之国的百姓，已在城外形成固定的居所，在临近的城墙下开设各自的市场。城外市场的规模要比城内的大数倍，杂乱却充满生机，十分热闹。

看着这般景象，我不禁想，过去的负函属于曾经，现在的负函属于当下，这样也好。

当年入楚之际，正值中原霸主楚昭王名声正赫之时，夫子留居负函也是为了等候昭王的召见，最终却事与愿违，在深夜无人的街口目送昭王的灵柩远去。

如今惠王即位，作为昭王的后继者，对中原地区虎视眈眈，野心难掩。负函原是为收容蔡国遗民而设的城镇，如今其性质已完全变了。

楚国将此地视作通往中原的起点，也可谓入主中原的阳关道。况且负函背靠淮水，占三关之险，对楚国而言是天下无双的军事要地。

由此可见，如今的负函城与当年叶公治下的负函城已迥然不同。

走在街头就能直观体会到这一点。行人中很多是有蔡国血统的男女或陈国人的后代，还有不少不知来历者。那些被楚亡了国的百姓，他们说的楚语中带有独特的口音。我想，这或许可称为负函话。

倘若在夜晚来到静寂的外城，漫步在空旷无人的地方，便能体味与四十多年前的负函夜晚别无二致的静谧。仰望夜空，群星高洁而冷艳，堪称星斗阑干。时而滑落，时而流转。

有几个夜晚，我溜出城门，来到如不夜城般的城外市场，游走于市场间行人稀少的昏暗通道上。

那时，忽然感到大平原上的广袤夜空仿佛近在额前，不由驻足。负函地区独有的那份沉静肃然，一如四十多年前，再次深深打动了我。

好想就这样，在这片夜色笼罩的土地上漫无目的地走下去。我思考着，应该说，负函的夜让人不由开始思考，这一点无论是在四十多年前还是今夜，都丝毫没有改变。

夫子正是在这片夜色里思考天命，子路、子贡、颜回也是在同一片夜色下思考各自生于世间的意义。又或许，子路早就在这负函的暗夜中做好了结缨就义的准备。

白日里踏访察看后，每至夜幕降临，我便会走出住所，前往城外的市集地带。

那片区域已然是异乡人的居所，无论我走到哪里都不会引人注目，也不会被另眼相待。

与其说负函城是亡国百姓的聚居地，不如说有那么一片土地，在那里生活、做买卖的人都是被楚所灭之国的遗民。因而人人平等，无地位高低之分，没必要趾高气扬，也无须卑躬屈膝。家国荣誉早已不再，都是亡国之民罢了。

亲身踏入其间，方能明白失去家国之人对这片土地的独特情感，那是无法言说的自在和宽慰。

此次旅程，自鲁都至负函的一路上，总有种身为家国沦丧者的羞惭萦绕心间。虽说中原上覆灭的国家何其多，但我蔡国的情况到底与众不同。同样是亡国，蔡国好歹曾是颇具实力的诸侯国之一。正因如此，我可谓尝遍了亡国的种种酸楚。

在这种心境下，我踏上故乡蔡国的土地。虽抱有眷恋，但谈不上愉快。在此之后，山一程水一程，终于来到了负函，才知有那般洋溢着令人惊异的宽松和自由气息的地区。这是我从未体验过的，足以看出楚国在面对被自己所灭之国的百姓时，采取了相当优厚的统治政策。

本以为楚国起码会派官吏进行监管，没想到全然不见此迹象，此地已成为亡国百姓的自由净土。

漫步于这片不可思议的土地，抬头望见的夜空星辰格外美丽。往日在黄河流域所见的星空无一不美，但遗憾的是，都远不及这负函城外的星空美。

——道之将行也与，命也！道之将废也与，命也！

散步于此，夫子此言总是伴随着我。这样解也不对，那样解也不对，我思索着话中深意，慢悠悠地踱步而行。

途中，沿街的店家递来茶水，却也不会过多打扰。我默默接过，微微颔首后离去，不觉丝毫不妥，或许是这里独有的奇特氛围使然。

在市场间的通行地带，亦可称空地上，到处种有桐、柏、银杏等古木。绿树成荫，是白天最合适不过的纳凉场所，总有人坐在树下小歇。

到了静谧怡人的夜里，月光下的树林人影绰绰，不失为夜间散步的好去处。

不过，我更喜欢无月无光的日子。走在连接市场的通道上，四周一片漆黑，隐隐可闻从道路两端传来的市集喧嚣声，不绝于耳。

当我想在夜里边走边思考时，鲜有比此地更好的去处了。诚然，四周夜色如墨，但这黑暗之上，承载着负函独一无二的美丽星空。

也许正因如此，日后想起，总觉得那依稀泛白的独特夜幕不仅笼罩着负函的街道，也笼罩着漫步其中的我。用泛白形容夜色恐怕不太恰当，总之那黑暗并非阴冷潮湿，而是干燥宜人的。

至于我每晚在负函城外苦思的问题，是夫子晚年在鲁都讲学馆里不知因何机缘说出的一句话。

——道之将行也与，命也！道之将废也与，命也！

因不曾问询，直至今日我也不知此言是夫子对谁所说。

就其义而言，这是一句暗藏深意、不能寻常看待的壮语。或许可将其视作夫子对这世间众生的忠告。我想，夫子本意也是如此。

"道行得通与否，皆由天命"，其主旨之宏观超越了"死生有命，富贵在天"的个人处境，涵括天下苍生，无限升华。句中遗憾地指出，就算人付出再多的努力，也不能保证过上幸福的生活。

唉，因此，我在身处负函的那十日里，夜夜来到这不似世间应有的美丽星空下，在城外的黑暗中，长久地思考这一问题，百思不得其解。

夜复一夜，反复思考着同一个问题，不断折回原点。

终于在不经意间有所感悟，既是夫子所言，不妨着眼于夫子的语境。

如夫子所说，诚然，行正道匡扶人世是天命，与之相对，废正道为乱世间，也是天命。无论何种情形，人都无能为力。

的确，人只能以自身微薄之力，朝自己坚信的正确方向前进。如此理解，便足矣。

人试图用自己的力量对抗世事，实乃蚍蜉撼树。在强大的天命支配下，人能做的只有顺从或反抗，别无他法。

不过，如此便好，不是吗？生而为人，本就如此啊。若相信天命所示，就为之奉献自己的生命；若无法相信，那就与天斗，不死不休。

——虚心奉天。

这就是我在负函城外经几番彻夜苦思后得出的结论。

除此之外，另有两三则尚未得解的夫子言论，我也在城外夜行时将其思索了一番，幸获个人体悟。

——天生德于予，桓魋其如予何！

那还是我刚加入夫子一行时的事。听闻宋人桓魋欲取夫子性命，我们一行人避开宋都，临时改道直奔陈都。

后来在陈都我从子贡口中得知，此言便是夫子那时所说。那是我初次听闻夫子言论，感动万分，至今留存心间。

上苍赋予了我德行和授道的素养。桓魋之辈又能奈我何？

另外一句，是夫子在匡地被错认而遭当地人围困时所说。当然，在那番情形下，口出此言是为了鼓励同行弟子，壮壮士气。

——文王既没，文不在兹乎？天之将丧斯文也，后死者不得与于斯文也；天之未丧斯文也，匡人其如予何？

周文王已逝。如今传承、弘扬教化之人，不就是我吗？若上天欲绝周礼，便不会将它传授于我；若上天无意绝此周礼，那么匡人又能拿我这个文化继承者怎么样？

不愧为夫子之言，读罢教人豁然开朗。

今日在场的研究会诸君，自然熟知夫子此言。那想必诸君也知晓关于方才所提两句言论存在怎样的争议。

眼下对于夫子的这两句言论，最引纷争处在于，有观点认为夫子不可能说出如此傲慢轻狂之言。况且，就算夫子当真心有此念，也绝不会述之于口。夫子自当有这般克制和自持。

如上所述，众说纷纭。不知在场的诸君持何种观点？

方才同诸君讲起往事，故事的舞台是遥远的楚国领地，位于淮水流域的负函。四十多年前，子路、子贡、颜回和我跟随夫子，一行人在负函停留了数十日。当时的负函还是楚国为收容蔡国遗民而新造的城邑，如今已成为楚国前线的军事重镇。

回到此趟旅途。话说我在负函这座铜墙铁壁的军事重镇里，思考着那些因真实性存疑而在鲁都孔子研究会上引发争议的夫子言论，度过了好几个无眠之夜。周遭夜色如墨，头顶却是负函独有的美丽星空。

接连数夜，身处异国的我思考着夫子在异国之旅中遭遇的风波，以及在危难时刻所说的话中的深意。

然后我确信了，那些有争议的言论，的的确确是夫子所说。

像夫子那样的人，这种程度的自信又怎会没有呢？

不仅如此，在这负函之夜我第一次意识到，夫子既有平乱世救万民之壮志，对可担文化传承者之名定自信不疑。

只是，夫子绝不会轻易向他人吐露这个想法，他对此十分谨慎。而以一己之力在这乱世中扛起文化传承重任的信念，想必早已根植于夫子心底。

此外，我在负函的这段时间里，还得一深省。那便是，若夫子如愿得以拜谒昭王，将会如何？

夫子在陈都淹留近四年，只为待水到渠成之际，得昭王召见。然而，陈国突然内乱，一行人为避难不得不远赴楚地负函。当时的我因即将踏上故国蔡的旧地而心绪难平，顾不上去想夫子前往负函的真正意图。想来，那时夫子心下自有考量。

夫子或许打算积极求取拜谒楚昭王的机会。不知子路、子贡、颜回这些师兄们对做此打算的夫子理解几分。遗憾的是，时至今日，已无从知晓。

不过，以子路为首的三位师兄皆为孔门才俊。或许彼时，在四十多年前淹留负函之际，他们便已悉知夫子心中所想——光是如此设想，我的心便激荡不已，这是我有生之年里极少有的体会。

此念袭向我心间时，我正身处负函城外的黑暗中，站在一棵大柏树下。它是如此猝不及防，我不知该如何消化，一时思绪纷乱如麻。

我在夜色中伫立良久，身躯震颤。从此以后，我不得不以全新的眼光看待子路、子贡和颜回。那一夜，在负函城外的夜色中，我以从未有过的郑重之心，思考那些至今未曾设想过的问题。

此前，我始终认为，夫子等待昭王召见是想将自己的所思所想用于治理乱世。但可能并非如此。或许夫子欲拜谒昭王，是专程想将子路、颜回、子贡三人举荐给那位中原的杰出领袖。

我想得入神，浑身颤抖不止。若子路、颜回、子贡当真能为昭王所用，成为昭王的左膀右臂——或许这就是我至今抱有的最大梦想。

四

好，请入座。

想尽快接着讲负函之旅，便缩短了休息时间。

在负函的每个夜晚，我都会来到城外星空下的无边黑暗里，遥想那些关于夫子的往事，思考夫子口中那些话的含义，却总不得其解。然而某晚，我恍然悟出一则全新的孔子解读法。那番醍醐灌顶，恰如听闻从高远星空之上垂落的天音。

在浪迹中原的旅途中，夫子为实现政治抱负，将目光投向即将问鼎中原的霸主楚昭王，耐心等待三四年，静候楚王召见。

在此之前，我一直这么认为。想必大多数人也以为这是夫子等候昭王的意图所在。

然而，或许我们想错了。这便是在负函城外的黑暗中，我脑海里闪现的天音。

夫子欲举荐给昭王的并非自己，而是他的三个门生，子路、子贡和颜回吧？这一念头宛如天音，毫无征兆地从头顶无边无际的高远星空落下，直击天灵盖。

夫子并非想让楚国掌权者采纳自己的主张，而是想把门下各有所长的三名弟子举荐给昭王啊。借昭王之力，将三人推上中原那战乱不断的政治角逐之地，让他们各尽所能、大展身手。

夫子何须自荐？他是想让自己信任的三名弟子站到春秋战乱的风口浪尖，留下功业，成就生命价值。定是如此。

当我思及此点，再回望游历中原时期的夫子以及追随夫子的三位师兄，他们的身姿以一种焕然一新的面貌，带着前所未有的独特生机，鲜明地浮现在眼前。

如此看来，在陈国即将沦为吴楚决战战场之际，夫子离陈赴楚之举，其意图已十分明朗。前往负函，淹留负函，只因那幕后坐镇者为楚昭王。

可就算这般苦心经营，夫子最终仍无缘面见昭王。尽管难以置信，但这就是天，即所谓天命吧。道之可行在天，道之不行亦在天，一切都受天力驱使。

我沉浸在思绪中，久久伫立于负函城外的夜色里。天上星斗阑干，闪耀、流溢、滑坠。在地面浓稠的黑暗中，我怀抱天音，驻足良久。

围绕在夫子身侧的子路、子贡、颜回三人各有所长，任谁见了莫不赞叹一句"甚妙"。而这铁三角正是由夫子亲自委派。

三人分散，算作各有十分力；合而为一，每人就能有三十分力。经通力合作，定能发挥无法想象的力量，大有可为。

倘若夫子为武将，必定战功赫赫。甚至可大胆设想，若夫子亲率子路、子贡、颜回的三支雄师，或许已成功制霸中原。

试将三名高徒置于夫子麾下，其情形蔚为壮观。三人各施其能，且皆非空谈之辈。这正是夫子之所以为夫子的非凡之处。

可惜夫子并非武将。因此，夫子欲寻可平天下乱局之明主，将子路、子贡、颜回三人一并托付于他。夫子坚信，善用此三人，定能聚起可撼动天下的力量。在夫子眼中，普天之下能识才重用者唯有楚昭王。

所以，夫子始终关注着楚昭王的动向，欲寻合适的时机拜谒。将子路、子贡、颜回三人举荐为昭王幕僚，想必是夫子的夙愿。

若真有实现之日，那将一切放手交给他们三人便是，自己也可拱手退席了。我想，夫子心里或有此打算。

然而，未承想昭王一夕薨逝，大计轰然崩塌，一切不得不草草收场。四十余年前，同样在此负函，我陪在夫子身边，亲历了夫子夙愿破灭之夜。

　　深夜，在那已无人烟的负函大道上，目送昭王的灵柩被运往郢都后，子路、子贡、颜回和我四人簇拥着夫子走回宿处。

　　归途中，我紧紧走在夫子身旁，生怕他不知何时倒地不起。

　　所幸，夫子虽看起来脚步虚浮，但没有倒下。回到宿处，他立刻来到子路、子贡、颜回和我聚集的缘廊一角。

　　"归与，归与。"夫子咏道，为我们明示今后的方向。结束中原之行，回到故乡鲁国。

　　那一夜，在我不值一提的人生中显得尤为特别。夫子以自身为例，为我们揭示何为天命。夫子煞费苦心，一心求见昭王，却遭上天偷梁换柱，只换得一个目送昭王灵柩的结局。

　　天命如此苛待，夫子依旧心胸敞亮，他重新振作起来，朗声吟咏："归与，归与。"一言道出心迹，决意辞别中原，回归阔别多年的故国。如此这般，将危机化作转机，令人叹服。

　　但是，让子路、子贡、颜回三人登上广阔的政治舞台，参与中原和平大业，夫子的这一梦想就这样被上天驳回了。

真可谓道之可行在天，道之不行亦在天。终究是人力难为。

如今失去了昭王的中原，对夫子来说已毫无意义，不过是异乡罢了。

——归与，归与。

大约是去年秋天吧，在此孔子研究集会上，我们就夫子会将自己的身后事托付给三位高徒中的哪一位展开了热烈讨论。在场诸君各执一词，分为颜回派、子路派等。尽管各方都给出了强有力的说辞，最终也未能讨论出令众人心服的答案。我亦如此。

不过，我现在可以明确给出回答了。这也是我于负函城外的夜色中，经辗转思索后，最终沉淀于心的一种解读。

夫子从未想过将身后事托付给三名弟子的其中一人。我想，夫子希望在自己离世后，由子路师兄弟三人合作，共同料理他的身后事。因此他才会在颜回辞世时，反常地叹出"噫，天丧予，天丧予"那般激烈的言辞。

夫子原想将身后事托付给子路、子贡、颜回三人料理。若他们三人合作，必定万无一失，却不承想，如今三人中的颜回竟先自己而去，实在是晴天霹雳。于是不由悲叹："上天啊，这是要弃我于不顾了吗？"

此情此景，正可谓"天丧予"。昭王之死、颜回之死，想来，这世间鲜有像夫子这般屡遭上天沉痛背叛之人吧。

时隔四十余年，我再次踏入负函这座楚地的边陲城邑。在那片城外的黑暗中，夜夜思寻关乎夫子的种种问题。那是一段与夫子同度的充实时光，此生恐怕不会再有。

之前曾说起过，先师孔子的宽宏伟岸之处在于不偏不倚，同等对待身边之人。对子路、子贡、颜回三名高徒也是如此，不会对谁另眼相待。夫子对他们各自的优缺点了然于心，因此欲将身后事托付给三人一同料理。因无人受到偏爱，所以不会出现某一人格外有发言权的情况。

斥责子路、体恤颜回、忽略子贡，其实这些都可看作夫子对弟子们的感情流露。斥责和忽略也是一种关爱方式，这正是夫子的独到之处。

总之，子路、子贡、颜回是夫子从这世间亲手择出、照料栽培、寄予厚望的三人。正因为是他们三人，夫子才愿将身后事托付。任谁看来，此决定也最为恰当。

话说回来，我在负函不知不觉已待了一个月，远超当初的计划。这趟旅途中对我多有关照的楚国商人说，无论想在负函停留十日还是一个月，都随我的心意。楚人的性格便是如此，爽快利落。

于是，我在负函待了足足一个月，后跟随另一队楚国商人离开负函，踏上朝着宋都和鲁都的归途。

一个月前，我们从北门入负函。出城时北门似已不通，便由南门出发，一路南下，横渡淮水，转而朝东北方向的新蔡前进。

多亏选了这条路，时隔四十余年，我得以再次踏上淮水宽阔的河滩，走过水流之上的独木桥，穿过浅滩，徒步至对岸。眼前亘古的长河给人以源自天涯、流向天涯之感。

四十多年前负函城刚建成时，出入都须渡过这流经城南的淮水。

在昭王薨逝，我们启程离开久居的负函之际，众人心间都萦绕着一丝"归与，归与"的惆怅。那时，子路、子贡、颜回和我守在夫子乘坐的车辇四周，涉水渡河。

往事历历，不知不觉已是四十余载飞逝，当年的同行者如今都已成故人。蔫姜今日在此，谨代表已故的恩师和师兄们，掬一捧流水祭天。

分别之际，此行中交好的数名楚国商人早早候在淮水对岸的河堤上，为我送行。那位照顾了我一路的商人自然也在其中。

此时，一名送行者跟我解释说："负函北门大约从十天前开始禁止通行，好像只允许军队出入，不知眼下是否已解禁。一个月前，我们经过时瞧见候鸟群飞的街道——就是那几条连接正阳、新安店、明港村落的大道，也在半个月前被征为战时调兵的专用道路，不许平民靠近。眼下都传开了，说在中原腹地的宋都北部会有一场大战。分散在中原各地的军队正频繁往那里调兵。"他叮嘱我："无论如何，您进入中原后，务必一切听从领队们的安排。单独行动很危险。"

我和送行的人们一次次挥手作别，一步三回头地往前走，高举着手，满腹别情。楚人的情义感铭于心。

我并非因受到楚国商人的照顾而为他们说话。经过这趟旅程，我深感楚国与他国不同。楚国百姓人人都有民族气节，或可说信念。对待所征服的他国遗民也颇有手段，将他们迁至国内，尽可能平等对待，还不忘小施恩惠。

说起来是相当久远之事了。夫子生前的最后一段岁月，在鲁都的讲学馆讲授时有过一段闲谈，令我印象深刻，在此复述给诸君。

"我亲见平王、昭王以及当今的惠王三代楚君执政。他们作为政治家可圈可点，均为杰出的将才，但楚国却长期被劲敌吴国压制，在其强大的生命力下苦苦挣扎。不过，若能熬过眼下这段被吴国单方面推搡施压的艰难时期，挺过难关，楚国终将登上号令中原的高位。

"相较之下，强国吴与楚不同，它背后有国家和民族的强大生命力作为支撑。此刻，其异乎寻常的生命力正蒸蒸日上，无比强韧。但在那强大生命力之下，是否暗藏盛极必衰的隐患？

"如今楚惠王继承平王、昭王的遗志，卧薪尝胆，重振国运。我衷心祝愿他能得偿所愿。愿惠王得上天庇佑，在与吴国的抗争中摆脱困境，迎来曙光。"

夫子说完这段话约一年后，于鲁哀公十六年与世长辞。如今想来，这一番对楚国充满善意的预言实具夫子风范，教人肃然起敬。

之后不过数年，楚国曾经的劲敌吴国在同越国的一役中大败，化作黄土尘泥，消失无踪。正如夫子所言，吴国在凭借其强大生命力崛起的同时，也遭到了那生命力阴暗面的反噬。

于楚而言，强敌吴国的灭亡乃是天助。自那以后，楚国在各方面重振国力，蓬勃发展至如今的昌盛。

回想那则预言，感叹夫子的睿智和远见实非吾等凡夫俗子所能及。

强大的生命力，以及蛰伏在暗处的命运阴影！昔日，周王朝的一支势力逃至南方，刺青、断发，建立吴国成为夷狄之君，没想到最终竟这般潦草收场。

关于楚，我还想多说几句。楚人本是居住在长江中游的民族，他们的祖先建立过怎样的国家，如今已无从知晓。

楚国的语言、风俗同自古在中原建立政权的民族大不相同。因此，中原诸国理所当然地将楚国视为异类、蛮荒之国。时至今日，楚国仍免不了受轻视，被认为是由一群粗鄙野蛮之辈建立的国家。

而楚人似也不忌讳称自己为南方蛮夷之国。记得我们一行人滞留负函时，对我们多有关照的负函长官叶公便说过类似的话。不过时隔四十余年，记忆已有些模糊。

不管怎么说，他们的确原是南方蛮夷之国，不过他们的话音里从未流露半点自轻之意，至少我完全不曾感受到。反倒能听出几分傲气，本是南方蛮夷之国，如今却比中原的任何国家都要强上几分。

不过，在中原诸国之中，我的故国蔡对楚的态度与众不同。生为蔡人，我自幼视楚国为不共戴天的仇敌、深恶痛绝的邻国。

楚为大国，蔡为小国；楚为强国，蔡为弱国。不管在什么情况下，两国都无法平等相处。蔡国自始至终只能咬紧牙关，忍受楚国向自己征兵征粮。

想必诸君也知晓，我们蔡国被吴国强令迁都至偏远的州来，留下的遗民又被楚国驱离。不知不觉间，国家分崩离析，不复存在。没有轰轰烈烈的亡国，而是平白被蛮夷之国吴和楚瓜分。

我随夫子来到楚国为收容蔡国遗民特设的负函新城后，

才对楚国的国情和百姓有了接触和了解。

负函有叶公其人，致力于建设这座个性独特的初生之城，被夫子盛赞："近者悦，远者来。"

说起这位长官叶公，我们在负函时曾受他厚待。不知在我们离开后，他度过了怎样的人生。叶公大概比我年长二十岁，比夫子小十五岁。不过他再怎么长寿，想来如今也不在人世了。

此番我在负函时，曾托那位一路照顾我的楚国商人打听叶公的情况。大约五日后，传来了消息。

"叶公晚年在楚都兼任司马、令尹二职，身居高位。于孔子殁年归隐至叶县。殁年、墓所俱不明。"

仅此寥寥数言。

陈都的司城贞子如此，叶县的叶公亦如此，照理他们的临终情状不该无人知晓，却好像被有意隐去一般，教人无迹可寻。此中深意莫测，想来不免神伤。

话说远了，回到正题。我离开停留了一个月的负函，在淮水岸边辞别送行的人们，准备用四天三夜时间前往新蔡。

我跟随的楚国商队有五十人左右。不过沿途陆续有人离开前往别处，人数渐渐减少。待到从宋都至鲁都的最后一段行程时，人数将不足十人。

我们七八个年长者乘车，其他人皆步行，只将随身行囊放在货车上。行囊中除了行李，还有武器——为防万一，每人都配了防身的刀剑，放在不起眼的地方。

他们给我一把短矛充当拐杖，我将它放在自己所乘马车的座位上。四十多年后重走旧途，心境已不复从前。

第一晚，我们来到淮水南岸一座名为息的大村落，投宿在一户富农家的别院里。犹记得四十多年前，我们一行人也曾寄宿于大户人家的别院，还遇见一位貌似隐士之人。当时那隐士话头所向自然不是我蒍姜，而是夫子。他掷下几句讥讽之言后，就逃进灌木深处没了身影。

还是四十多年前，前往负函途中，大概是离开蔡国的第二天，在进到村落息前，我们曾在淮水支流旁的某个小村口歇脚。那时，也和此类隐士打过交道。

当时是子路出面应对，我在一旁看他无力招架对方咄咄逼人的提问，印象深刻。

说是隐者，其实无从判断是真隐士，还是蔡国遗民中不甘心迁居负函的愤世嫉俗之辈。不过，我仍清楚记得当时他所说的话。

"当今世道，天下江河滔滔，不知从何而来，不知将流向何方。无人能阻挡湍流，亦无人能改变其流势。此后数十年、数百年都将如此吧。百姓、国家都将被大河冲走，无止无尽地消亡。要待国与国之间无纷争，湍流复归平静，怕是尚需漫长的岁月。你跟着那个四处奔走，全凭个人喜好，对各国掌权者挑挑拣拣的狭隘之人，也难成大器。不如舍弃俗世加入我们，耕田农作，岂不快哉。"那男子说着，将不知什么种子播撒到河边的庄稼地里，翻土盖压。

时隔四十余载，偶然想起冒充隐士那人的话，惊觉言之有理。

在这淮水河畔的大村落息中，我度过了踏上旅途三个月以来的第一个不眠之夜。思绪纷繁，时而汹涌、时而平和地将我包围。

我注视着黑夜中的某一处。当年男子在淮水支流河畔的村口，对子路和我当头呵斥，而他的话在四十年后的今天仍然适用。眼下，"席卷万物的大河"依旧吞噬着国家和百姓，将一切冲刷殆尽。自那以来，与我有关的国度，如陈、蔡、曹等被接连吞噬、冲毁，消失无踪。那些和我无直接关联的大国小国亦被接二连三地卷入洪流之中，化作泡影。究竟到何时，这国与国、人与人之间的争斗才能平息？

夜幕下河面漾起水纹，粼粼波光映在村落一隅。在这宽敞别院的一室中，我思考着自己的过往和未来，思考那些残喘于中原上的国家将何去何从。辗转反侧，一夜无眠。

五

我们结束休息，进入正题。

天黑得更早了，那负函的回程我就讲得快一些。

方才说到，离开负函后的第一晚，我投宿于淮水河畔水景甚美的村落息。当晚，忆起昔时旅途中所遇冒充隐士之人的话，度过了一个难眠之夜。

离开负函后第四天，我们在新蔡住了一晚，翌日启程前往上蔡。楚商领队说，若我想在新蔡多待一段时间，他们会想办法安排。我谢过他们的好意，选择和商队同行。

新蔡确实是生我养我的地方，但如今街景已改，山川不再，我在此处举目无亲。唯有汝水东逝，一如旧年。

我们顺着这亘古不变的汝水前行，经四天三夜抵达上蔡。这一路所见所闻，已和曾经的蔡国毫不相干。这片土地上确实有过蔡国，曾生活着具有蔡人独特相貌和气质的百姓，但如今这些风土人情皆已烟消云散。

一个月前，从上蔡前往新蔡时也走过这段路，现在正逆向而行，沿同一条汝水而下。在我这个去而复返的蔡人眼中，这一带的风光比一个月前更显疏离。

和上次来时一样，上蔡的城中心不让进入。一个月前入蔡国时，曾经过一个像是国境的地方，此次听说该地因部队调遣正一片混乱，难以靠近。

我们穿小道进入昔日陈国的领地，那里便是夫子称为"陈蔡之野"的地带。即便到了那里，我们仍避开主路，穿过之前未曾涉足的北边村落，向陈都行进。

每进入一个村落，我便会想，这是不是子路曾领受夫子教诲的村落？那里有大池塘，池畔开满桐花。而这一路所经村落都像商量好了似的，有大池塘，池畔种着大桐树。若逢开花时节，必定处处美不胜收。

离开上蔡当天，我于日暮时分来到大河的岸边，那应是汝水众多支流中的一条。诸君听过多回了吧，我生长在名为汝水的河畔。而此番旅程，我正是沿汝水溯流北上，从新蔡至上蔡。

到上蔡后改道向东，继续朝陈都、宋都、曲阜前进。或可说，从这里开始才是真正的归途。在汝水支流宽阔河滩边的小村落里，我们迎来了归途真正意义上的第一夜。

等待安排宿处的时间，我漫步于浅滩和河堤之上。

汝水之水，奔流不息，人生人寂，国兴国灭。汝水之水，奔腾不止，永无尽头。

放眼汝水，横无际涯，无数支流汇成一股，在新蔡附近的河面豁然大开，向淮水奔去。淮水是横贯华夏大地的大河，见证了无数邦国的兴衰。

那晚，我们几个年长者各自入睡，年轻人则轮番守夜。同是前往陈都、宋都，此番宿于郊野，不能掉以轻心。

翌日，我们跋涉了一整天，终于来到大平原中的村落，分投到各家各户。我们几个老人住进一户大房子，其规格说是村长家也不为过。晚饭后，村民载歌载舞，表演助兴。

此情此景让我想起四十多年前和夫子一同经历的那场饥困交加的跋涉。某夜我们露宿郊外，夫子拨琴奏乐，子路和着琴声唱起歌来："匪兕匪虎，率彼旷野。"

今夜，听村民唱起同一支歌，心生无限感慨。

这首歌能传唱至今，想必其中所述的寂寥依旧在人们心间滋长。至今仍有被征兵后家不能回、流浪于旷野的人们。身为亡国遗民，感同身受。

旅途第三天，我们在多地被拦停，接受驻兵盘查，对方得知我们是楚国的商队后就立刻放行了。似是得到了优待，但突如其来的盘查让人心惊。绝大多数都是陈国士兵，也有一些看不出国别的士兵，只知来自被楚所灭的国家。

傍晚，我们乘船渡过颍水，投宿于离陈都只有半日路程的村落。当天晚上，领队告知我们："方才得到消息，眼下楚国正在筹备一场赌上国运的大战，势必要攻下杞国。关于杞国，想必不用赘述，是中原数一数二的古国，当初周武王封禹的后裔于济水以南，杞国始建。虽为蕞尔小国，但历史悠久，实力难以估量。

"现传至十九代简公。杞以强国为靠山，和我们南蛮楚国处处作对，逼得楚不得不出兵讨伐。目前对手虽只有杞一国，但难保不会有别国出手支援。

"不仅如此，杞国临黄河，此次战线从淮水一直延至黄河沿岸，距离之长、遍布之广均乃空前，楚国将投入全部兵力，意味着这将是一场决定楚国命运的大战。

"实在不凑巧，我们在非常时期来到此地。不过我们也并非被完全限制行动。只是，杞国的大本营就设于陈都，在战事结束前，普通百姓禁止入城，货物的交易买卖也都被迫中断。

"因此，我们决定所有人明天就离开陈都，前往宋都。只要入宋都，那里熟人多，办事规矩也熟悉，应当无碍。问题是，前往宋都需三四夜的路程，而周遭已烽烟四起，即便尚未沦为战场，也都是备战地区。

"为确保万无一失，会有年轻士兵同行护送。望诸位一切听从指挥。"

翌日一早，我们离开落脚地，未入陈都，沿主路向东，径直赶往宋都。与前一日不同，这一路上我们时常穿插于军队间，也有军队穿商队而过。

那些兵师无一不精悍敏锐，气宇轩昂。他们皆属楚国王师，和昨日之前所见的那些战败国的散兵截然不同。哪怕是坐在路旁休整也井然有序，丝毫不见散漫之态。

第三日午后，我们横渡淮水的一大支流，由西向东涉过潜流露出地表的河段，从靠陈都一侧渡到宋都所在的岸边。

临近傍晚之际，我们乘船渡一条无名的大河。船上，那名随行保护我们的士兵介绍道："到前方下游处，河水将潜入地下，不过从这里到上游段的风光美不胜收。两岸岩岗和树林交相辉映，风景如画，是有名的溪谷。"说着，他话音一转："但现在一切都变了。这条河的上游便是杞国所在，此刻那里正在和楚国远征军开展激烈的攻防战。河流两岸不断沦为战场。"

听罢此言，我们再次望向眼前载着渡船的滔滔江流，不胜唏嘘。

两国交战中，从船上可以看到周边一带调兵频繁，有赶往上游的军队，也有反方向从上游下行的军队。河畔的大平原上，也有大小军队正向北行军。所见兵师皆威武雄壮，一看便知是楚国王师正赶赴北方的战场。

我们完全没看见楚国以外的士兵身影。在这场关乎存亡的战争中，楚国只派自己的将士出战。这也正是楚国之所以为楚、令旁人备感钦佩之处。

若夫子尚在世，见楚如此风范，想来也会叹一句"深得吾心"吧。

渡过两条无名的潜流河后，本应继续赶往宋都，但受战事影响，商队决定临时改变行程，暂避烽火。从上游楚杞交战区向下走，不远处有一沿河的村落，我们分散投宿于民家。

第二天，我们依旧留宿在村中。日落时分，听闻杞城已被火光包围，政要们弃城而出，自顾自四散奔逃。

夜不成寐，深夜走到河滩边，只见河流上游的北边天际如炽焰燃烧，赤红一片。河滩上有数人在窃窃私语，说那是焚烧杞城的火光。

我躺回床铺，依旧难以入眠。中原望族之一杞国和它引以为傲的城池一夜之间被南方蛮夷之国摧尽。

我自小就格外关注杞国，莫名对其怀有近乎敬畏的感情。它是中原望族，也是中原最小的国家，更重要的是，杞国为政者似有异乎寻常的傲气，这让此国显得与众不同。

蔡国也是中原诸侯国之一，在这方面多少有着相似的清高，但还是不能同杞国相提并论。相传杞国于周武王时期，承禹的血脉建国，以名门为傲，代代延续，直至第十九代简公。而如今，城池尽燃，杞国的历史在战火中落下帷幕。

这一夜对中原而言同样非比寻常。古国杞难觅踪迹，南方蛮夷之国楚取而代之，凭借强劲的实力挺进中原，脱颖而出。

今夜之前，楚虽已将陈、蔡两个中原诸侯国收入麾下，但说起来不过是强国灭弱国，楚尚需一个响亮的名号，作为其入主中原的旗帜。

从这个意义上来说，此次对杞国的征讨，是大张旗鼓地办了件中原其他国家都无能为力的事，可谓将时代的新风吹进了中原，威风凛凛地宣示了楚不容小觑的地位。

我们在河畔的村落住了两夜后折返，入宋都当天，听闻楚军已破城进入杞国国都。

此刻，楚国军队正成批向杞国周边各地进发，诸如此类令人欢欣雀跃、士气高昂的消息接踵而至。尽管我同楚国算是结有旧怨，听到消息也不由为之振奋。

细想来，此等辉煌本是楚昭王应得的。可惜天力不遂人愿，彼时时机未熟，不得不等到惠王的时代。

而惠王出色地实现了大业，亦可谓明君。

我们在宋都停留了半个月左右。几个商人打算去鲁都，无奈启程之日迟迟未定，我们只好在宋都多待了几日。

就在这时，又有重要消息传来。听说楚秦正在议和，如若属实，这两大新兴强国的合作势必引发中原局势翻天覆地的变化。

尽管对两国在何地、以何种形式议和一概不知，但来到宋都的众多旅人都这么说，看来这并非谣传。

虽说在宋都停留得比预期久了些，也多亏如此，我得以将新消息带回鲁都。

入鲁都后，辞别一路对我厚待有加的楚国商队，我终于又做回了鲁国人，顿感一身轻松。虽说应是做回蔡国人才对，不过如今国破家亡，除了鲁国，恐怕也无处可去了。

在鲁都时，我总是借住在一位旧识府上，此次也登门叨扰。

回到鲁都首先想做的，便是将这三个月负函之旅的所见所闻，事无巨细地讲给夫子听。大多是愉悦之事，想必夫子也会听得畅快。

因此，我在鲁都的三天里，一日前往城北泗水河畔为夫子扫墓，一日来到夫子讲学馆的一室，像过去一样面朝中庭独自静坐追忆。

宽敞的讲学馆中，似乎只有在这面朝庭院、小而安静的一室中，才能静心缅怀夫子以及子路、子贡和颜回，同他们无拘无束地交谈。

仅仅是静坐于此，子路的身影便浮现在眼前，子贡和颜回从庭院那头走至我面前落座，一切都如此自然。

只消独自端坐，便可同师兄们心神相通，叙旧畅谈，这般平和的感觉真是久违。这里充盈着我们师兄弟共同的回忆。

而同样在这一室中，我们收到了颜回病亡、子路就义的悲报。犹记得噩耗传来时，只觉天昏地暗，四肢瘫软，久久不能起身。

其实，在鲁都的三天里，我本想造访诸君的孔子研究会，但转念还是决定留待下次，于是信步到讲学馆周围逛了逛。光是散步其间，便觉神清气爽，心满意足。鲁都不愧为中原无双的文化学府。自不必说，是夫子奠定了此地浓郁的学术氛围，但也多亏有在座诸君精心呵护夫子的讲学圣地，才能使其历数十载风雨还完好如初。

第四日，我归心似箭，回到了这深山的村落里。

我于当日午后离开鲁都，入山前，在平原村落间的小径上遇见几个旧识，有男有女，我同他们解释此番出远门的来龙去脉，同时也听说了不少我离开时发生的事。一番交谈花去不少时间，等我走到溪谷尽头环抱村庄的山峦入口，已是夏末的落日时分。

循着溪间小径入山，路上又碰到几个村里人，这回只浅浅问候几句便错身而过。"今年夏天过得可好？那就好。很多话想说，下次再慢慢聊。"一旦停下脚步，就没法"下次再慢慢聊"了，所以不再驻足。

我的行囊里都是旅途中收到的礼物，虽说已将大部分寄放在鲁都的故交府上，但也带回来不少，我将它们分成两份担在肩上，夜幕落下，只觉肩头的行李越来越沉。

快到山顶时，有人从身后唤我："老人家，我帮你背吧。"是村里一个有些眼熟的年轻小伙。

我停下脚步，把肩上的行李交给他。"麻烦你了。"

我们翻过山顶，在下山前稍作休息。就在那时，脚下盆地间，我居住的村落星星点点亮起了灯火。大概到了掌灯时间，几户人家就像约定好一般，同时点亮了火烛。

啊，我回来了！我心中叹道。忽而泪意汹涌，积压于胸腔的感动奔涌全身。

"您一大把年纪，这是上哪儿去了呀？"小伙子问。

"你这是小瞧我了。"我站起身来。此刻，我所居村落的五六十户人家中，已有五六户透出灯光。不久，这数量会越来越多吧。

虽不至处处灯火通明，起码会有三分之一或四分之一的街口亮起灯来。到时，邻近的几户人家便会出门，如飞虫飞向亮光一般聚集到灯火下。

"我们走吧。"小伙子说。

"不急，再坐一会儿吧。"说罢，我便陷入自己的思绪中。啊，此时此刻，我的故乡正亮起灯火！但随即意识到，此地并非我的故乡。我既非生于此，也非长于此。唉，称一句故乡也不为过吧。我也没有其他能唤作故乡的地方了。

岁月悠悠，不知不觉间，我来到这深山村落已有三十二三载。那对把我当父亲般细心照料的年轻夫妻也已人到中年。丧女之后，他们收养了许多难民的孩子，渐渐从悲痛的深渊中振作起来，在养育那些孩子的同时找回了生活的意义。

亦有不少他国难民被夫妻俩的善举打动，自愿留下帮衬。农事闲暇时，我也会去看望他们。

熟识后，那些人就把我当作长辈，时常到我的住处陪伴我、照顾我。

思来想去，所谓故乡于我而言，如今除了此地还有何处呢？生我养我的新蔡已从世上消失，无迹可寻。这趟负函之旅，不也是为了亲眼确认此事吗？

"该走了吧。"小伙子说。

"唉，再等等，我想再休息一会儿。"说罢，我又陷入了沉思。

愿将当时在我胸中翻涌的想法向诸君袒露。

日暮时分，看着自己的故乡渐渐亮起灯火，心知村民们结束了一天的劳作，到了晚间休息之时。我怀着这样的心绪向山下眺望，故乡村落光亮渐浓，这真是人生在世为数不多的幸福时刻。

这份安宁静谧和贫富贵贱无关，是每个人触手可及的幸福，一种他物难以取代的喜悦，不需要努力争取就能得到。什么也不做，灯火依旧会在我的目光里闪烁。我只要注视着那幅景象，便能拥有尘世中的万般眷恋。无须劳心劳力，只要默默看着故乡亮起灯火，如此便好。

难道不是吗？双亲、祖父母、兄弟姐妹、叔婶、邻家、生者、逝者，还有村里的阡陌小径、河川、森林，所有的一切都在欢迎我归乡。看着故乡灯火初明，深感世间没有比这更奢侈的幸福了。

我们来到世间，看着一盏盏灯火逐渐照亮熟悉的家乡，从而得到慰藉。唯愿有生之年都能保有这种安宁静谧、无可替代的心境。任何政治权势都无权剥夺我们这最朴素的愿景。

夫子再三说过，无论世道多么不堪，人生于世，应保有最低限度的幸福，即能叹一声"不枉此生"。

夫子的教诲犹在耳畔。若要我用自己的话阐述，那便是：啊，我家乡的村里正亮起灯火，唯有这份平和安宁，万万不可被剥夺。若再换一种说法，则是：无论这个世道多么无序，也不能剥夺一个人的故乡。否则就必须用某种替代加以补偿。政治当如此。

夫子定是这么想的。不然，他也不会对叶公治下"近者悦，远者来"的负函城投入深切关怀。

　　叶公意在为天下流离失所的百姓建造一座新的故乡。夫子深知叶公心中所念。

　　而如今，负函成了建有堡垒的军事重地，不复当年叶公的设想。幸好，夜幕降临后，那座城镇独有的沉静安宁将长久留存于亡国之民心间，成为他们共同的归宿。

　　感谢诸君陪我重温这趟漫长的负函之旅，我的旅途所思就讲到这里。距离天黑尚有时余，让我们回到旅行前的话题，诸君关于夫子有何疑问，请自由提出。

　　"那么，我作为监事发言。方才听蔫姜先生讲述了负函旅途中的诸多趣闻，其中有不少闻所未闻之事，令我等受益匪浅，如同置身于中原动荡局势之中。反观鲁都，是如此风平浪静。

　　"其实，在这平静的鲁都筹办第一次跨国孔子研究集会的势头正日益高涨。只是眼下时局动荡，不知会有何变故，因而不敢惊扰蔫姜先生。不妨先定下研究主题，供届时举办之需。

　　"我们几名干事商议出以下主题：晚年的孔子如何看待这空前乱世，又是抱着何种想法离世的？孔子对于天下苍生的未来有何远瞻？我们想就此同与会者探讨交流。关于孔子晚年的心境，大概要从他留下的众多言论中归纳探析。

"借今日自由发言的机会，想请教蔫姜先生，此主题是否可行？"

好，那我就说一下自己的想法。夏初，在我们的集会上，曾探讨过夫子的"凤鸟不至，河不出图，吾已矣夫"一句。关于此言长期存有争议，一种看法认为夫子不至于说出"吾已矣夫"之言，因此这不是夫子的言论，定为他人之言混迹其中；另一种看法认定这确是夫子亲口所说。晚年的夫子对时代感到绝望，于是慨叹事到如今，不见圣人天子降世的祥瑞之兆，把全部希望寄托在圣人天子身上的我，除了叹上一句"吾已矣夫"，还能说什么呢？

记得在当时的集会上，诸君让我蔫姜谈谈对此的理解。我说，夫子说"吾已矣夫"并非出自真心。不然追随夫子的众多弟子将不知该如何自处。

试想一下夫子的心境就能明白。

时至今日，不见圣人天子降世的祥瑞，曾把一切希望寄托于圣人天子降世的我，现已无法继续将此当作余生的信念。真让人发愁啊，大概已到了该叹一句"吾已矣夫"的时候。

我想，夫子的言下之意大概就是如此。不是绝望，只是游刃有余的自嘲罢了。毕竟像夫子这般人物，不可能真的悲叹"吾已矣夫"。若夫子真的说过，也必是在调侃众人。

我现在依旧这么想。对于天下芸芸众生的将来，夫子始终抱着光明的愿景。人不至于愚蠢到自取灭亡。

尽管无比遗憾于在自己所处的时代看不到天下太平、时和岁丰，但夫子坚信如此盛世在自己身后定会到来。这是夫子内心深处的信念，也是孔门最末席的弟子我蔫姜的信念。

对我来说，夫子就是真理。夫子所相信的，绝不会有错。夫子从未弃苍生于不顾，若要我证明，夫子尤为重视的葵丘之盟便是最好的例子。

虽在此前的集会上曾言及，但看今日在场有不少人没听过，那就容我再同诸君浅述一番。

葵丘之盟是两百年前的列强诸国在宋国北境一座叫葵丘的小村子里签订的和平盟约。以齐桓公为首，鲁、郑、卫、齐、宋五国约定，一不犯黄河水，二不设黄河堤防。尽管不清楚夫子如何评价齐桓公其人，总之，这一切皆由桓公一手促成。

盟约缔结后的两百年间，盟国不曾筑堤令黄河水危及无辜百姓，也不曾改变河道使农田流失，践诺至今。如今，这个约定已成为中原各国及其兵师必须恪守的金科玉律，取得了了不起的成果。

若无此盟约，黄河流域的中原各国怕是无法成就如今的格局，这片黄土地上不知又将掩埋多少百姓之苦。

如何？大浪淘沙后，人类的历史长河之中仍留存着这般遗珠。

当初，夫子正是想要告诉弟子们此道理，才会特意带他们去葵丘散步。也正因如此，我蔫姜始得靠近夫子，并一生侍奉在他身旁。故而于私，我也对葵丘之盟心怀感念。

葵丘之盟是两百年前，由齐桓公召集诸列强举行的和平会盟。盟国约定不将黄河水用于战事，并履行至今。

然而在这两百年间，国家兴亡和关乎兴亡的战争并不会就此停息。实则中原一带终年战火连天，朝夕之间，城池一座接一座沦丧。

相传周王朝初期，中原有上千诸侯国，如今只剩百余个。虽没有精确计算过，不过应相差无几。我年轻时常听人说"十四大国"，是指秦、晋、齐、楚、鲁、卫、燕、曹、宋、陈、蔡、郑、吴、越，此十四国。如今，曹、陈、蔡、吴四国已然绝迹于中原。看起来不会轻易消亡的国都，却在不知不觉间走向了湮灭。

除去这些国家，还有许多我幼时更为熟悉的小国也都不见了——黄、梁、邢、江、六、蓼、庸、舒、萧、肥、州、徐、杞，其中不乏一城即一国者。真要清算，恐怕数字还要翻倍。它们就这么神不知鬼不觉地全数消失无踪。最近，继曹国之后，方才提到的杞国也灭亡了。

还有一些邦国，它们在我的孩提时代尚且存在，后于某刻无声无息地消逝，我甚至毫无察觉。

可堪怀念的是，蔡迁都州来后，一些消亡已久的国家竟以另一种形式出现在新蔡废城的万国集市上。那都是些甚至算不得邦国的小国，它们在女孩和老人的摊位前现身，在亡国百姓摆出的草帽、鞋履、竹篮、布段等故国特产中依稀透露出旧时踪迹，诸如梁、厚、潟等国。

像这般略微一想，就能报出一串已经灭亡的国名，一个接一个，生怕掉队似的。不管怎么说，亡国终究是悲惨之事，它意味着大部分百姓失去了赖以生存的根基，家国破碎、流离失所。

此刻，整个中原地动山摇，正经历着一场浩劫。

而葵丘之盟的意义在于，即便在如此动荡之中，这个约定在过去两百年间从未被破坏，一直延续至今。既如此，我们为何不能期待一个世人幸福安乐、国与国和平共存的时代呢？

哎呀，下雨了。方才瞥见远处划过闪电，正想着会不会下雨。果然，山雨将至。

好像已经下起来了。

快请进屋。陋舍四面漏风，只要雨势稍猛烈些，灶间、门厅、廊下都会湍进雨来。

呀，雨越下越大了。不过再怎么猛烈，毕竟是骤雨，来得快去得也快。

门厅和廊下的小友，赶快躲进来些。不用关窗。

真是场酣畅淋漓的雨，能听到雷鸣轰隆。这场雨过后，村里也算真正迎来了秋天。

那边的小友，还有门厅、廊下的小友，快到里屋来。炕炉边尚宽裕，大家去挤一挤吧。

那这廊下的位置，我就不客气了。我曾在集会上讲过，当年在宋都郊外的农舍，我第一次随夫子经历电闪雷鸣之夜。自那以后，面对迅雷疾风，我学会了坦然相迎。任凭雷电、风雨击面叩心，清心静待天怒平息。

此刻，我端坐于此，感觉夫子正坐在斜前方。

诸君请随意，不必在意我。容我独处片刻。

哦，诸君也愿同坐？甚好。那么请面朝庭院，就地屈膝跪坐。

暴雨、迅雷、闪电！无须忧心，安心坐着就好。让我们效仿夫子当初那般，凝心静气，端坐着聆听天地之音。

　　尽管雷电交加，还请原地静坐。此刻，端正身心，直面迅雷疾风，以谦卑之心静待天地之怒平息，如此就好。

图书在版编目（ＣＩＰ）数据

孔子 ／（日）井上靖著；文绘译． —— 海口 ：南海
出版公司，2024.3
　ISBN 978-7-5735-0747-1

Ⅰ．①孔… Ⅱ．①井… ②文… Ⅲ．①长篇小说－日
本－现代 Ⅳ．①I313.45

中国国家版本馆CIP数据核字(2023)第242786号

孔子

〔日〕井上靖 著
文绘 译

出　　版　南海出版公司　　(0898)66568511
　　　　　海口市海秀中路51号星华大厦五楼　　邮编 570206
发　　行　新经典发行有限公司
　　　　　电话(010)68423599　　邮箱 editor@readinglife.com
经　　销　新华书店

责任编辑　王　雪
特邀编辑　王雨萱　褚方叶
装帧设计　李照祥
内文制作　王春雪

印　　刷　河北鹏润印刷有限公司
开　　本　850毫米×1092毫米　1/32
印　　张　9.5
字　　数　168千
版　　次　2024年3月第1版
印　　次　2024年3月第1次印刷
书　　号　ISBN 978-7-5735-0747-1
定　　价　59.00元

版权所有，侵权必究
如有印装质量问题，请发邮件至 zhiliang@readinglife.com

著作权合同登记号　图字：30—2024—006

KOSHI
by INOUE Yasushi
Copyright © 1989 by The Heirs of INOUE Yasushi
All rights reserved.
Originally published in Japan.
Chinese (in simplified character only) translation rights arranged with
The Heirs of INOUE Yasushi, Japan
through THE SAKAI AGENCY and BARDON-CHINESE MEDIA AGENCY.